JN122493

はじまりの空

榆井亜木子

ポプラ文庫ピュアフル

はじまりの空

Hajimari no Sora

1

お姉ちゃんが、結婚することになった。

それも十歳年上の人と。

ありえない。まだ二十一歳なのに、と思ったらやっぱり妊娠してた。

確かに小林《こばやし》さんと付き合ってるって話は聞いてたけど、始まってから半年も経ってなくて、就職だってしたばっかりなのに妊娠したから結婚するっていうのはあまりにも安易なんじゃないの？　と私は思ったんだけど、お姉ちゃんはとっても満足そうだった。

「仕事は、辞《や》めるの？」

「なるべく迷惑かけないように課長と相談してみるけど、産んだら続けられないかな。あっちのお母さんもパートしてるし。それに親を頼りにするのって、なんかやじゃない？　出来もしないくせに結婚なんかしてって言われそうで」

私もお姉ちゃんも、甲斐性のある男を捉《つか》まえて楽して遊んで、なんて考えるタイプじゃなかった。専業主婦願望も全然なくて、むしろちゃんと就職して一生仕事して自分の生活は自分で面倒を見る、人のお金はあてにしないって考えていたのだ。だからお姉ちゃんは短大の時から英会話学校に通ったり旅行業務の資格を取る準備をしたりして努力してた。そしてもし出来れば、出来ればだけど将来は仲のいい従姉妹《いとこ》と私の三人で会社を作れたらいいね、って話をすることもあったのに――。

何だか、初めて会った遠い親戚と話をしているみたいだった。顔は確かに自分と似てるんだけど、共通の話題もあるんだけど、この先何かを一緒にすることはないだろうな、って感じるような。

「ルーブルは、どうするの」

私とお姉ちゃんは、今年の冬に大学生の従姉《いとこ》と三人でパリのルーブル美術館に行く計画を立てていたのだ。それからオルセー美術館とオペラ座と、サンジェルマン・デ・プレと、ルイ・ヴィトンの本店に行くはずだったのだ。

お姉ちゃんはあっさり言った。

「ごめんね。桃《もも》ちゃんと二人で行ってってくれる？」

「そんな。約束したのに」

「努力して何とかなるものだったら私も頑張るんだけどね、こればっかりはどうしようもないじゃない？」

妊娠しないようにって努力はしなかったわけ？　と言いたかったけど、あまりにあからさまなので我慢した。

「しょうがないわ。ここで私がいくら騒いだって、お姉ちゃんがルーブルに行けるようになるとは思えないから。でもね」

お姉ちゃんは小首を傾《かし》げた。お腹の中に子供がいるなんて思えない、愛くるしい仕草だった。

「そんなに簡単にできちゃって、いいわけ？　できちゃったからって、すぐ産むって決めて、いいの？」

お姉ちゃんは首を傾げたまま、笑顔になった。自分自身にその顔を、誇っているようだった。

「私ね、小林さんのこと、本当に本当に大好きなの」

私の頭の中で渦を巻いていた強い感情が、大きくて柔らかい風に包まれて力を失《な》くした。本当に本当に、という言葉が、音楽のように耳に残った。

私は、そんな人に出逢ったことがない。付き合っている相手を思い浮かべて、お姉ちゃんみたいな笑顔で、怒っている人を暖かい風で包むようなことは出来ない。いままで付き合った男の子たちだって、本当に本当に好きだなんて思ったこともなかった。一人の男のために、仕事も未来も家族も憧《あこが》れていた美術館も捨てるなんてことは、私には怖くて出来ない。お互いの気持ち次第で、明日には別れてしまうかも知れないのに。

　でもお姉ちゃんは、小林さんのためにすべてを手放すのだ。いくらでもある話だ、と思っても涙が出た。

「わかった。幸せにね」

「どうしたの真菜《まな》ちゃん。私、二度と行けない国に行くわけじゃないんだよ。いつでも遊びに来ればいいじゃない」

　お姉ちゃんはまた笑った。でも、そうじゃない。私たちはもう、同じ気持ちではいられない。

　お姉ちゃんは、……違う星に行っちゃったんだ。

2

結婚が決まったと言っても、お母さんが一度ちらっと挨拶をしたことがあるだけで、私もお父さんも小林さんのことをほとんど知らなかったので、お互いの家族を紹介し合うという名目で、食事会をすることになった。

うちは両親とお姉ちゃんと私だけだけれど、向こうは両親と一番上のお姉さんとその旦那さん、二番目のお兄さん、それに小林さんで六人だ。しかも、全員がお姉ちゃんより十歳年上の小林さんより、更に上の人たちなのだ。

食事会の前日、私はお姉ちゃんの部屋で一緒にパックをしながら基礎知識という感じで小林さんの家族の話を聞いた。お父さんはもう年金を貰《もら》っているとか、お母さんは友達のレストランを手伝っているとか、お姉さんには子供が二人いるとか。どの話も、私の身近にはない種類のことだった。だいたい、桃子の彼氏以外、親と一緒に暮らしていない人に、私は会ったことがないのだ。

「私、振られたらどんな話すればいいの？」

「いつものままでいいんじゃない。真菜ちゃんは大人に受けるタイプだから」

お姉ちゃんや従姉の桃子に時々言われるこの言葉が、私はあんまり気に入っていない。ただ自分の好みじゃないってだけなんだけど、いまどき茶髪《ちゃぱつ》にもしてないし、高校は私服だけど雑誌によくあるギャルっぽい服装でも古着中心のストリートファッションでもないし、趣味はヨーロッパの映画や美術鑑賞だから、言われた通りではあるんだけど。同年代の子には、最初はとっつきにくいって印象らしい。それがかえって、テニス部の花形で男子にも女子にも人気のある真治《しんじ》と付き合っていてもそんなに嫉妬《しっと》されない原因なのかも、と思ったりも、してる。

お姉ちゃんはフォームタイプのパックを手にまで塗っている。ベッドの上で立てた膝に両肘を置き、ぶらぶらさせる。もうじきずっと外すことのない指輪が、薬指に嵌《は》まるのだ。高校生が安易に贈り合う安物ではなく、しかるべき店でイニシャルを入れた、本物の結婚指輪が。

そして私は、会ったこともない六十代の夫婦に「はじめまして、お父さんお母さん」と挨拶するのだ。自分の両親と十くらいしか違わない人たちに「こんにちはお姉さん、お兄さん。これから仲良くしてくださいね」などと笑顔をつくるのだ。

出来るんだろうか、そんなことが。

「お姉ちゃんは向こうの人たちに何回も会ったの？」

「お父さんとお母さんは、一緒にごはん食べた。その時お姉さんが途中から来たの。

でもお姉さんの旦那さんと子供と、あとお兄さんには会ってない」

「どんな感じだった？」

「真面目で、優しい感じ？　諒《りょう》がこんな若いお嫁さんを貰うなんて、って何度も言われた」

「それって嫌味？」

「真菜ちゃんどうしてそんなふうに取るの？　将来も別に面倒見なくていいし、二人で好きなようにやりなさいって言ってくれたわよ？」

「お姉ちゃんどうしてそう素直なの？　そんなのわかりっこないじゃない。でも六十代だったらあと二十年は生きないからかえっていいのかもね」

お姉ちゃんは、呆れた。

「まだ若いのに、ワイドショーみたいなこと言うのね」

「若いっていうのは、案外打算的なものなんですよ、お姉さん」

だって十七歳の私には、まだ何もないのだ。お金を確実に稼げる技術も、自分だけの家も、将来を約束して薬指に指輪を嵌めてくれる真面目で優しい男も。簡単に楽観なんか、していられない。

＊

当日はかなり緊張したけど、お姉ちゃんの言葉通り小林さんの家族はフレンドリーで、とても感じがよかった。高校生の私に対しても前から知っているような挨拶をしてくれ、私が硬くならないようにさり気なく気遣いもしてくれ、私はお姉ちゃんって人を見る目があったんだ、と変な感心をした。

婚約者の小林さんは、写真より若く見えた。それは顔がどうとかそういうのではなくて、着ているものが流行をちゃんと意識した感じで、それなりにお金もかかっているっていうのもわかって、それから仕草なんかがおじさんぽくないせいで、ただむやみに若く見せようとしているのではないところに好感が持てた。小林さんは最初に私を見て、

「真菜ちゃんははじめまして。お姉さんとよく似てるね」

と言って嬉《うれ》しそうに笑った。この人も本当にお姉ちゃんが好きなんだな、と思った。

小林さんが予約をしたという高そうな中華料理店の個室で、円い大きなテーブルにお姉ちゃんと小林さん、お姉ちゃんの横にお父さんとお母さん、その隣に私、小林さんの横に彼の両親とお姉さんと旦那さん、その隣にお兄さん、という順番で座った。私と小林さんのお兄さんが、両家の国境みたいなものなのだ。ふと、非武装地帯、と

いう言葉が浮かんだ。

小林さんとお姉ちゃんが紹介しながらそれぞれに自己紹介をしていったのだけれども、大人たちの話の長さといったらこれが無礼講ってもの？　と驚くほどで、小林さんは小さい頃身体《からだ》が弱くて何度も救急病院に駆けこんだとか、お姉さんの旦那さんの会社はバブルの後に危なくなったけど何とか持ちこたえていまはさらに手広く事業をしているとか、高度成長がどうとか1ドルが360円だったとか、果てはジョン・レノンが死んだ時にはどこで何をしていたとか全然関係のない話がどんどん展開されていって、しかもいちいち「真菜ちゃんはまだ生まれてないんだよねえ」と振られるので、私は頭痛がしそうだった。

そしてようやく小林家の最後のお兄さんの番になった時、私は思わず彼の顔を横目で睨《にら》んでしまった。私の視線に気づいたお兄さんは一瞬笑いを堪《こら》え、すぐにいやに誠実そうな表情になって立ち上がった。

「兄の蓮《れん》です。京橋《きようばし》の画廊で働いています」

彼はそれだけ言うと、お姉ちゃんを手で促《うなが》して座った。みんな呆気に取られて彼を見た。小林さんのお父さんが慌てて、

「いやどうも。愛想のない奴ですみません」

と苦笑いして頭を下げた。お兄さんは下を向いて、微笑《ほほえ》んだ。

挨拶が終わると大人たちは料理を取りながらさっきの話の長さはほんのリハーサルだったのだ、と言わんばかりにお姉ちゃんと小林さんの結婚にはおよそ関係のない話をすごい勢いで始め、私と、隣のお兄さんだけが完全に取り残された。私は次々に出てくる普段は見たことのないような料理に、この場はともかくは食べることに集中しようと決めた。いちおうお酒だって飲むわけにはいかないし、食べてでもいないと暇《ひま》で仕方がないっていうのも、あったし。

いままで見た中で一番大きな海老《えび》が入っている海老チリに感動していると、お母さんが私の前に腕を伸ばしてお兄さんにビールを注《つ》ごうとしていた。あまりに危なっかしい手つきだったので、私はお母さんからビール瓶を取った。

「どうぞ」

お兄さんはちょっとびっくりしたみたいに私を見ると、残っていたビールを一息で飲んで私にコップを差し出した。真治とはまるで違う、いやに大きくて、見たことはないけど飛行機の部品みたいな手だった。

「どうも」

お兄さんは私が注いだビールを半分くらい飲んで、私のコップに烏龍茶《ウーロンちゃ》を足してくれた。甲の部分が五角形で、拳の骨が目立つ。小指側に毛穴が、菱形に集まっている。歳は言わなかったけど、小林さんよりは上だから三十五くらいだろうか。

私は小声で訊《き》いてみた。

「さっきは、わざと短くしたんですか？」

「何がですか？」

「挨拶」

「相当うんざりしていたようでしたから。それに、別に僕のことを聞きたい人もいないでしょう」

低いけれども聞き取りやすい声で、お兄さんは答えた。少し冷ややかに聞こえたので、私は自分がマナー違反だったのかと思って、次に言うべき言葉が探せなかった。

私が黙ってしまったからか、お兄さんがこっちを向いた。私は、正面から彼を見た。

そして、びっくりした。

だって、あまりにも童顔だったから。

そんなに額が広い感じでもないのに、コンパスで描いたみたいな黒目がちの目が顔の下の方についていて、頬骨に載っている肉も何だか柔らかそうだった。顎《あご》の線も尖《とが》っていなくて、もしかして前髪を少し垂らしているせいなのかも知れないけど、小林さんよりずっとずっと若い、というか幼い顔だった。桃子のクラスにいても、違和感がない。

「小林さんの、お兄さんなんですよね？」

　お兄さんは声を出さずに笑った。でも、笑った顔は大人っぽくて、私はちょっと考え直した。普通、人は笑顔の方が若く見えるものだ。変わった人だな、とも思ったし、やっぱりちゃんと働いてると滲《にじ》み出るものもあるんだ、とも思った。

「あなたの考えてること、わかりますよ。免許証、出しましょうか」

　もしかしてかなり失礼な展開になってしまったのでは、と思ったけど、笑った顔を見て子供じゃないんだってわかりまして、とも言えずに私はうなずいた。勿論、本当にいくつなのか興味もあったし。

　お兄さんは上衣《うわぎ》の内ポケットから革のカードケースを出して、映画の刑事がやるみたいに私の顔の前で広げた。昭和の表記だから、すぐには計算出来ない。私はお母さんの生年月日を思い浮かべて、頭の中で計算してみた。

「三十四歳、なんですか……」

　うちの両親と、十一歳しか違わない。私はカードケースを手で押さえて免許証を見た。写真のお兄さんは、どう見ても高校生だ。頑張っても、大学一年生。

「これ、いつの写真なんですか」

「去年、でしたかね」

　お兄さんは私の手から免許証を取った。頑丈そうな手は、歳相応に見えた。ワイシャツから出た手首も、太かった。

「いまでもたまに、補導されそうになるんですよ。夜遅くに一人で歩いてると」

「そうでしょうね」

「冗談だったんですが」

お兄さんは、横目で私を見た。

「まさか、大学生に見えるなんて考えてないでしょうね。高校生の、あなたが」

図星を指されて、私は答えに詰まった。悪気は全然なかったけど、お兄さんが気分を害したらしいことは、わかった。

「すみません。私、大人の人と話すことってないから、言われたことには、反論しない方がいいのかなって」

「そういう事情でしたか」

お兄さんはすぐに納得した。怒ってはいないようだったけど、喜んでいる感じでは、勿論なかった。私は、話題を変えなくちゃと思った。でも何を話したらいいんだろう。

さっきは、確か画廊で働いているって言ってたけど。

「ルーブル、行ったことありますか？」

「ルーブル美術館のことですか？」

「今年の冬に、行こうねって約束してたんです。お姉ちゃんと、従姉と三人で。私、すごく楽しみにしてて」

「従姉の人と二人で行けばいいんじゃないんですか」

「だって、従姉もまだ大学生でタイしか行ったことないし。三人の中では、お姉ちゃんが一番英語出来るし」

「普通に気をつけていれば、そんなに危ない街ではありませんよ。確かにルーブルはスリが多いという話は聞きますが。僕も画廊の奴も、パリで被害に遭《あ》ったことはないですし」

「そんなに何回も行ってるんですか」

「商売柄でしょう」

「やっぱり、すごくいいんですか」

「僕はパリの美術館の中では一番好きですね」

　お兄さんの言葉に、私はやっぱりこの人は私や桃子なんかとは全然違う大人なんだ、と思った。だってパリの美術館の中ではってことは、パリ以外にもいろいろ知ってるってことなのだから。

　一人で感心していると、お兄さんはさっきとは反対の内ポケットから細長い紙を出した。

「もうじき始まると思いました。よかったらその従姉の人と一緒にどうぞ」

　それは、私が新聞の広告でチェックしたばかりの「ルーブル美術館展」のチケットだった。半券の部分に「御招待」と書いてある。

「いいんですか？」

「まだありますから。二枚で足りますか」

お礼を言って、私はチケットをバッグにしまった。お兄さんは私のバッグをじっと見ていた。お姉ちゃんのお下がりの、ラベンダーのプラダ。この色を持っている人はあんまりいない。お兄さんの視線が、ちょっと嬉しかった。

3

　真治と付き合い始めたのは、一年の二月だ。彼は仲良しの石川《いしかわ》が私と同じクラスだったせいで、しょっちゅううちの教室に出入りしていた。普通はあんまりそんなことをしていると嫌がられるものだけど、真治はテニス部のエースで次期部長と噂されていて、成績もそこそこいいのに率先していたずらに加わるタイプで、要するに人気者だったからみんなから歓迎されていた。手足が長くてちょっと古風な顔立ちの彼はひと昔前の青春スターみたいな雰囲気があった。でも、石川たちとどたばたと菓子パンの取り合いをしてる姿は、私には犬のじゃれあいにしか見えなかった。

　その真治が、二月のバレンタインデーの前に私に言ったのだ。

「おれ、岡崎《おかざき》のチョコ欲しい」

　私は、不思議な気持ちだった。どっちかって言うと、真治はチョコレートを持った女子が殺到して初めて「今日はバレンタインなんだ」って気がつくようなタイプだと思ってたから。でもまあ、石川経由で何回も課題を写させてもらっているし、みんなで映画に行ったこともあったし、何より個人的な大ピンチを助けてもらったこともあったから、引き受けた。

「どんなのがいい？　私お姉ちゃんいるからチョコには詳しいよ」

「何か銀座《ぎんざ》とかで売ってるような、一粒ずつ選べて仕切りのある小さい箱に入ってるようなので」

「はあ。わかりやすい説明だね」

真治は苛《いら》ついた表情を浮かべて、私の手首を強い力で摑《つか》んだ。

「それで、本命のやつな」

日焼けした甲が、獰猛《どうもう》な獣のようだった。彼は、見たことのない厳しい表情を浮かべていた。あまりにも真剣な様子に、逆に冗談なのかも知れない、と少し思った。

バレンタインの当日、真治は休み時間のたびに女の子の対応に追われていたらしい。真治のクラスに出かけていった石川が「許せねえ。あいつチョコ食い過ぎて下痢するぞ」と笑いながら戻ってきた。私は、やっぱりあれは冗談だったのだと思った。第一、真治に彼女がいないなんてことはないだろう。きっと彼は銀座に売っている小さな箱に入ったチョコレートが欲しかったのだ。普通私たちが贈るのは、せいぜい地元の駅ビルで買ったものか、手作りだから。

でも約束はしていたので、私は放課後彼にチョコレートを渡した。テニス部の部室前には女の子が五人くらいいて、一人を除いて皆真治が目当てだった。中には涙声で何か言っている子もいて、何だか私は申し訳ないような気分だった。少し離れた所で待っていると、鞄と紙袋を山のように提《さ》げた真治が走ってきた。

「悪い」

「やっぱり人気あるんだね」

私の言葉に、真治は少し悲しそうな顔をした。目を伏せて、爪先で地面を掘る。本当に犬みたいだ、と私は思った。

「はい。ちゃんと銀座で買ってきたから、一粒ずつ選んで。箱にも入ってるよ」

大袈裟《おおげさ》に喜ぶと思ったのに、真治は黙ったままだった。頰の輪郭が、いつもより硬い。

「これ、本命だよな。おれそう言っただろ」

「彼女、いるんじゃないの」

「いない。岡崎のこと、ずっと見てた」

真治は荷物を置いた。私は、一歩下がろうとした。すると真治に、両肩を摑《つか》まれた。

「おれと付き合って」

バレンタインに下痢するくらいチョコレートを貰う男の子と？　先生の評判も良くて、学食のおばちゃんからしょっちゅうサービスされている、犬に似たこの男の子と？　目が覚めたら美術館の一番いい油絵が、枕許に立て掛けられているような気分だった。でも、それを一番いい絵だと決めたのは私ではないのだった。もちろん私も、その価値は認めるのだけれども。私は、肩から真治の両手を降ろした。意外に簡単に離れた。

いままでの恋が、いくつか脳裏に浮かんだ。どれも、あまりうまくいかなかった。それは、私が孤高の詩人みたいな男にばかり魅《ひ》かれたからなのかも、と不意に思った。

こんな付き合いなら、どうだろう。誰でも知っているテニス部のエースに告白されて、彼女になる。試合を応援に行ったり、ディズニーランドでキャラメルポップコーンを食べながらチップとデールを追いかけたり、ファッションビルで安い指輪を買って貰ったりする。モノクロの映像しか知らない人が初めてカラーの映画を観たような、目が眩《くら》むような思いに捉《とら》われて、私はうなずいた。

「ほんと？」

もう一度うなずくと、真治は初めて笑顔になり、片手で控え目に、でも力強くガッツポーズをした。私は、寒そうに寄り添っている小さくてお洒落《しゃれ》な紙袋たちを見下ろしていた。

実際に付き合ってみると、真治は気持ちのいい男の子だった。少しやきもち焼きのところはあったけど、私を尊重してくれ、態度に裏表がなく、適度にエッチで、どんなことにもまっすぐな熱意を持っている。私は真治と付き合うまではそんなスポーツ漫画のヒーローみたいなタイプは馬鹿にしていたけれど、いつでも明るくて私を大事にしてくれる恋人が傍《そば》にいることは、確かに心が安まるのだとよくわかった。伊達《だて》に人気があるわけじゃないんだ、とも思った。

真治は誰に会っても誇らしげに私を紹介し、そんなこと憧れもしなかったけどやっぱり自尊心は満たされた。ペットボトルの飲物だけ買って昼間の公園を散歩するなんていう、いままでの私のキャパシティにはないデートをしても、彼と手をつないで歩いていると身体が温かくなった。背の高い彼が私を見おろして、

「岡崎のおでこって丸いのな。マルチーズそっくり」

なんて笑うのを目にするだけで、自分がすごく愛されてるんだって実感されて、理性がぎゅうっと領地を縮めた。人を好きになるのは理屈じゃないんだって、感動した。

健全なお付き合いっていうのも、いい。私は静かに、有頂天になった。まっとうな恋愛にうつつを抜かす、そんな時期も必要なんだ、と。

4

小林さんのお兄さんからチケットを貰った展覧会は、桃子と行くことにした。真治は、美術なんかには興味がない。映画なら少しは観るけどハリウッドか香港《ホンコン》のアクションものだけで、私が好きなヨーロッパ系で、単館でしかかからないようなものは、観ない。だから一緒にアクション映画を観に行くことはあっても、リバイバルになった三時間以上もあるイタリア映画なんかは、一人で行くことにしている。このあたりが、私たちが周りから「大人っぽい」って言われている理由のひとつなんだろうと思う。

周りのほとんどのカップルは、趣味が同じかとてもよく似ている。MDに入れている音楽が、チェックするテレビ番組が、部活がクラスが中学が、同じだったりする。でも私と真治には、すぐにわかる共通点は、ない。真治は友達が多くてスポーツマンなのに意外と偏食だけど、私は帰宅部で友達は少ないくせに何でも食べられる。

私は真治の、陽当たりのいい場所で茎をいっぱいに伸ばした野生の白い花みたいな姿が好きだし、彼は私が絵や映画に詳しいところを気に入ってくれている。

「数は少ないかも知れないけど、岡崎の友達はみんな本物だろ」

ってよく言っている。だから高校生にしては、束縛し合わない関係なんだと思う。

でもそれだけに、真治とずっと続くことはないんだっていう思いはいつも、心のどこかに標識のようにあるのだった。もちろん、みんないまの恋人と一生付き合っていけるなんて考えていないだろうけど、とりあえず別れる時までは続くんだと思っている。私は、それがあまり遠くない未来なんだってことを、標識を見ながら知らされているのだ。だから余計に、彼を大切に感じるのかも知れないけど。

桃子は母方の従姉で、親戚の中で一番の仲良しだ。大学に通っているから、私がカバーし切れない情報を教えてくれるし、お洒落の相談にものってくれる。私が中学の美術の教科書で一目惚れした彫刻がある、ルーブル美術館のことを教えてくれたのも彼女だ。お姉ちゃんの次に、影響を受けた人だと思う。

チケットを貰ったことを話すと、桃子は受話器から登場しそうな勢いで訊いてきた。

「どんな人だった？　小林さんて」

歳よりずっと若く見えて、感じが良くて、お姉ちゃんにメロメロって感じだった、と言うと、桃子は軽く笑った。

「やっぱりね。さおちゃんは、何でもブランドもの、だもんね」

ちょっと棘《とげ》のある言い方だった。

「どういう意味？」

「いっくら自分のこと愛してくれたって、ルックスが悪くてお金のない男とは一緒にならないでしょうってことよ」

「お姉ちゃんは、本当に小林さんが好きで結婚するんだと思うけど？」

「だから、最初からそんな男は眼中にないのよ、さおちゃんは。非難してるんじゃないんだよ。人それぞれだし、さおちゃんみたいな女の方が幸せになる確率は高いだろうしね。ただ、予想通りだって思っただけ」

そんなこと考えるんだ、と私は思った。打算的に聞こえるけど、冷静になってみれば、真治がもし缶ジュース代も私にたかるような男で、しかもモヒカン刈りだったり至るところにピアスをしていたり、反対に二十年前に流行《はや》ったようなぶ厚い肩パッドが入ったジャケットなんか愛用していたら、どうだろう。それであの性格だとしたら、やっぱり私は彼と付き合うだろうか。そこで躊躇《ちゅうちょ》する私は、愚かしい女なのだろうか。

そんなことは、ない。人は、幸せになるために恋人と付き合うのだ。好ましい性格があるように、好ましい外見だって経済力だってあるはずだ。自分の好きないろんな要素があるからこそ、一緒にいて幸せになれるのだと思う。前後の見境もなく好きになって、たとえばエアコンもない狭いアパートで出かけるお金もなくてただ一緒にいるだけで満足だなんてことは、奇跡だ。いまどき、映画の中だってそんな話はない。

「さおちゃんは利口だからね。いい男摑まえると思ってた」

私は、真治を思い浮かべる。いますぐ、声を聞きたいと思う。桃子の言い分が正しくて、自分でも賛同しているのに、やっぱり理屈なんか抜きで真治が好きなんだと思いたい。私を力いっぱい抱きしめて、

「考え過ぎるな。おれは岡崎が好きだ」

って言って欲しい。

桃子との電話を終えて、私はしばらくぼんやりしていた。理想と現実、なんてことを、いままでよりはっきりとした輪郭で自覚したような気がした。

*

展覧会は予想していたより規模が小さかった。新聞や電車の中吊り広告も結構出ていたし、プレイガイドにもポスターが貼ってあったので有名な作品がたくさん来るのかと思っていたのだが、私が一番好きなものはなかったし、有名なものもほとんどなかった。でも、チケットにもあしらわれていた、私が二番目に好きな絵が会場の一番いい場所に、あった。

人々の黒い頭がその絵の前に、巡礼の信者たちのように幾重《いくえ》にも重なっていた。その先に飾られている小さな絵は弱い照明を浴びて、少し疲れているように見えた。知

識はあったけど、本当に小さな絵だった。俯《うつむ》いた少女はずっと前からそこにいるようだった。私は巡礼者たちの間をすり抜けて進み、少女の前に立った。

　小さく古びた正方形のスクリーンに、映画が始まった。少女が、手を動かしていた。それに似合った、清楚《せいそ》な音楽が耳に微《かす》かに届いた。私は、ただ立ち尽くした。やがて少女が手を止め、ゆっくりと顔を上げて恥ずかしそうな笑顔を私に向けた。私は口を半分開けて、たどたどしく会釈《えしゃく》を返した。何度も瞬きをしている自分が、まったくの間抜けに思えた。

「始まってたねえ。真菜ちゃんのいつものやつ」

　会場の入口で待っていた桃子が、感心していた。桃子には知られているとはいえ、私はやっぱり少し恥ずかしかった。

　本当に錯覚なんかじゃ絶対なくて、絵や彫刻が動くことがあるのだ。これは他のと違う、と思わされて立ち止まっていると、描かれた人々が動き出して物語を紡《つむ》ぎ、私に見せてくれる。いつもではないけれど、だから私は美術展に通うんだとも思う。

「だって、あの絵動いたよ。私のこと見て、笑ってくれた」

「その感覚は、ちょっとないわ。いまから頑張れば、芸術家になれるよ」

　桃子は私を見て笑った。

「真菜ちゃんはさおちゃんと全然違うよね、永遠の無垢《むく》な少女って感じで。ロマンチストだし、落ち着いてるし。そのわりに辛辣《しんらつ》で大胆。叔母《おば》さんがちょっと真菜ちゃん寄りなのかな」

「でも幸せを摑むのは、お姉ちゃんなんでしょ？」

「真菜ちゃんがいいと思う男と一緒にいれば、それが一番の幸せなんじゃないの？　真菜ちゃんにとっては。でも真治くんだっていい男だよね。変なくじを引かないってところは、二人とも同じだわ」

　桃子の恋人は同じ歳で、大学を中退してアジアを放浪していまはバイトをしながら熊野古道《くまのこどう》に通うという、変わっているんだか凡庸《ぼんよう》なんだかわからない人だ。桃子にティファニーのゴールドを買ってくれたかと思うと、ユニセフに同じくらいの募金をしてしまうような、恋人としては気が抜けないタイプだった。

　小ぢんまりした展覧会だった割には広い売店で少し買物をして引き上げようとすると、桃子が私の紙袋を指した。

「お兄さんに、お土産買った？」

「それって、小林さんのお兄さんのこと？　何で？」

「真菜ちゃん。チケット貰ったんでしょう？　いい？　さおちゃんが離婚しない限り、小林さんちとの付き合いはずーっと続くんだよ。特に最初なんだし、気を遣い過ぎるくらいでちょうどいいの。三十過ぎのおじさんが、義理の妹になる高校生にお土産貰って嫌な気になるはずないんだから。何か買っておきなよ」

「桃子の方が、よっぽど現実的だね」

私は感心した。でも言われてみればその通りだし、それでお姉ちゃんの印象が良くなるんだったら、妹としても頑張りどころだ。

かと言って三十過ぎの男の人にプレゼントをしたことなんかなかったから、どういうものを選んでいいのかさっぱりわからない。ネクタイは高すぎるし、ポスターは画廊勤めの人には馬鹿にしてるみたいだし、ハンカチは布が薄くて使いにくそうだった。結局、

「働くようになっても、意外と使うらしい」

と言う桃子のアドバイスに従って、付箋《ふせん》とクリアファイルを買った。それは私の好きな絵ではなかったし今回は来ていなかったけど、何となくお兄さんに似合いそうな気がした。

私は、お兄さんのことを思い出した。桃子のクラスにいてもおかしくないようなあの顔が、頭に浮かぶと意外に貫禄《かんろく》があるような、気がした。

5

お土産を買ってきたことをお姉ちゃんから小林さんに伝えてもらうと、案の定すごく喜ばれて、私としてはデートの時にでも託《ことづ》ければいいと思っていたのだが、直接渡した方がいいと言われて、学校の帰りにお兄さんの働いている画廊まで届けに行くことになった。

地図をファックスしてもらって初めて、私は京橋が銀座のすぐ近くだと知った。だいたい銀座ですらお母さんやお姉ちゃんとたまに行くくらいで、都内に住んでいても行く場所は決まっている。買物と映画と、たまに真治と出かける遊園地。画廊なんて、もちろん行ったことがない。

何を着て行けばいいんだろう、と考えて、学校の帰りなんだしお土産を渡すだけなんだから、と思い、でも高級なお店でロングドレスの女の人が出てきたらどうしよう、と迷い、膝丈のスカートにツインニットにした。ちょっとOLみたいだけど、鞄が大きいのが御愛嬌《ごあいきょう》だ。

私もあと何年かしたら、こんな恰好《かっこう》で会社勤めをするのだろうか。毎日ストッキングとパンプスを履き、小さなバッグに化粧ポーチと財布と携帯だけを入れて、満員電車に揺られる日がくるのだろうか。そしてその時、同じように就職している真治と、まだ付き合っているのだろうか。ずっと先のように感じられるその日々を想像すると、小人に摑まれたように胸が苦しくなった。

地図はわかりやすく、表通りに面していないその画廊もすぐ見つかった。細いビルの二階で、階段から見える窓の向こうに何枚かの絵が掛かっていた。私は、深呼吸を一度して重いドアを引いた。女の人が奥から出てきた。黒のパンツスーツで、化粧品会社のパンフレットのような隙《すき》のないメイクをしている。私は、踏み入れた足を半歩戻した。

「いらっしゃいませ」

「あの、小林さんは……」

小さな声しか出なかった。私は鞄を両腕で抱えた。

「商談が長引いているのか、まだ戻っておりませんが」

女の人は、確かめるように私を見た。

「小林と、五時にお約束なさっているかたですか？」

私は鞄を抱えたままうなずいた。足許の絨毯《じゆうたん》が、柔らかく靴を受け止めていた。照明の下で、自分の着ているニットがずいぶん着古したもののように目に映った。女の人が、笑顔になった。

「どうぞ。こちらでお待ちになって下さい」

入口から見えない場所に、応接セットが設《しつら》えてあった。雑誌でしか見たことのないような豪華なソファに座ると、身体が埋もれた。さらにその奥からいい香りがして、女の人がコーヒーとチョコレートを運んできた。バレンタインに、私が真治にあげたものだ。ここで何も買物をしないとわかっている相手にも、こんな高価なものを出すなんて。私はそっと首を伸ばして壁を見た。飾ってある絵には、値段がついていなかった。

「私……、お客さんじゃ、ないんですけど」

「そんなこと気になさらないで、召し上がって。お待たせしてるんですから」

女の人は、笑顔のまま言った。誰も見たことのない、山奥で群れをまとめる狼の女王のような人だった。他に人がいないということは、お兄さんはこの狼の女王と二人で働いているのだろうか。歳は四十くらいで、薬指に指輪がない。あまり長くない爪が、素人が塗ったとは思えないほど光っていた。私は、コーヒーをブラックのまま飲んだ。ミルクや砂糖を使うことが、ひどく子供っぽく感じられた。チョコレートを口に入れるととろりとした甘味が舌に伸びて、私はようやく息を吐き出した。指先が、小さく震えていた。

お兄さんはいつ戻ってくるんだろう、と思ったのと同時に、私の横に男の人が気配もなく現れた。お兄さんだった。少し息を切らせ、片手でスーツの上衣のボタンを留めながら、呼吸を整えるように肩を上下させた。

「すみません、遅くなって」

「……こんにちは」

お兄さんは奥から小さな椅子を出してきて、私の横に並ぶと脚を大きく開いて座った。膝頭がほんのわずかに私の太腿《ふともも》に触れ、すぐに離れた。私は思わず脚を揃え直した。お洒落のためでなくスーツを着た人の身体に触れるなんて、初めてだ。

「時間通りに戻れるはずだったんですが」

「蓮もコーヒーでいい？」

女の人の声の方に、お兄さんは寛《くつろ》いだ顔を向けた。憶《おぼ》えていたのと同じ、桃子と同級生と言っても通るような顔つきに、私はようやくほっとした。でもその顔は、何だかこの画廊で見ても全然不自然じゃなかった。

「伽歩子《かほこ》も座ったら」

お兄さんは結構な量のミルクと、スプーンに山盛りではないけれどそれに近い砂糖を、コーヒーに入れた。そして私の視線に気づくと、

「コーヒーって、苦くないですか」

と真面目に言った。冗談とは思えなかったので返事に困っていると、私の向かいにやって来た伽歩子さんが呆れたようにお兄さんのカップを見やった。

「いまどき、子供でもそんなにお砂糖入れないわよっていつも言ってやるんですよ。だいたい、苦いからこそのコーヒーですわよね」

「紅茶に、しないんですか」

「トイレ近くなりますからね」

「こんなものを一日何杯も飲んでまったく太らないんですから、傍で見ていると腹が立ちますわ」

　そうは言うけど、伽歩子さんもスタイルがいい。ただ太っているとか痩せているとかじゃなくて、膝下が長くてウエストが細くてでも欧米人のような厚みがある、という、具体的にいい印象なのだ。住宅街にいる主婦とは違う雰囲気で、やっぱりこの人って独身なのかな、と思った。

「ええと、岡崎真菜さん。諒の奥さんの、妹さん」

　急に名前を言われて、私は慌ててカップをソーサーに戻した。まだちゃんと挨拶をしていなかったのだ。でもお兄さんの紹介の仕方は何だか唐突だった。それでも彼女に向かって頭を下げると、お兄さんは、

「桐生《きりゅう》伽歩子。ここのオーナーです」

と続けた。伽歩子さんはさっきより親しみのこもった笑顔になって、私に名刺をくれた。

「いつも蓮がお世話になっております」

私はしげしげと名刺を見た。確かに「柳《やなぎ》画廊代表・桐生伽歩子」とある。つまり、お兄さんはこの女の人に雇われているということなのだろうか。私はお兄さんを見て、伽歩子さんを見た。確かに彼女の方がずっと貫禄がある。でもお兄さんが若く見えるからじゃなくて、伽歩子さんにはソフトな威圧感、のようなものが漂っているのだった。それは、自分で事業をやってるからなのだろうか。

「オーナーって、社長さんってことですよね。すごいですね」

伽歩子さんはいたずらっぽく笑った。

「元々は別れた夫がやっていた店ですのよ。慰謝料代わりに、ぶん取ってやりましたの」

「初対面の人に、そんな話しなくても」

「美しき誤解をして下さってるみたいだから」

こんなに綺麗で上品な人が、どうして離婚したのだろう。伽歩子さんは、男の人にすごく大切にされそうなタイプに見える。連れて歩いたら、さぞ鼻が高いだろう。それに淹《い》れてくれたコーヒーもおいしくて、家事が苦手とかそういうふうでもなさそうだ。

　私は、ふと思った。お姉ちゃんも、いつか離婚してしまうのだろうか。本当に本当に大好きな小林さんを、一緒にいるのも堪《た》え難いほど嫌いになることが、あるのだろうか。だとしたら、結婚って、意味のあることなんだろうか。

「真菜さん、お姉さんが諒さんと結婚なさるのね」

「はい」

「じゃあ、お祝いにシャンパン開けましょうか」

「えっ。あの、いま、ですか？」

「ちょっと待って。この人高校生だから」

「いいじゃないの。ここに警察が踏みこんでくるわけでもないんだから。やっぱり、チョコレートにはシャンパンよ」

「おれの立場も考えてくれよ」

「蓮って女に冷たいくせに、妙に義理堅いところがあるのよね」

　伽歩子さんの言葉にびっくりして、私はお兄さんを見た。「女に冷たい」なんて、一番似合わない台詞《せりふ》のように思えたけど、この人は大人の男なんだ。私や真治が小学生の頃から、女の人と付き合ったりしてたんだ、と思うと、急にお兄さんの周りの空気から不快ではないけれど怖《お》じけづいてしまう匂いが漂うように感じられて、私はちょっとだけ身体を反対に寄せた。お兄さんは眉間に短い皺《しわ》を寄せて、溜息をついた。

「無理に飲まなくていいですから」

「少しだったら、平気です」

「本当に、すみません」

「お姉ちゃんのためにお祝いしてもらうんですから。嬉しいです」

お兄さんは少し困った顔を私に向けた。塾のテストが出来なくて居残りさせられている子供が、先生にもう帰りなさいとこっそり言われたような顔だった。

「ありがとう」

私は、下を向いた。どうしてかわからないけど、目を合わせていられなかった。胸の奥で、兎《うさぎ》の赤ん坊が飛び跳ねているように息が苦しかった。

伽歩子さんが、シャンパングラスをふたつとガラスのコップをひとつ運んできて、当然のようにガラスのコップをお兄さんの前に置いた。シャンパングラスがふたつしかないということは、お客さんには出さないのだ。つまりそれは、伽歩子さんとお兄さんが使う、ということなのだ。

二人はいつ、シャンパンを飲むのだろう。絵が売れた時、新しいお金持ちのお客さんを紹介された時、そしてお互いのプライベートで悲しいことがあった時、向かい合ってグラスを合わせるのだろうか。私が一年に何度も買わないチョコレートをつまみにして。涙の粒が目尻に浮かんで、私は慌てて目を擦《こす》った。泣く理由なんかないはずなのに、と思うと余計に涙の粒が大きくなった。

「無理しないで」

お兄さんが、心配そうな顔を向けた。グラスの中で、泡たちが上に向かって可愛《かわい》らしく泳いでいた。その可憐《かれん》さは、神様に選ばれたものに見えた。乾杯して、いかにも慣れているみたいにシャンパンを飲んだ。でもそれはビールと缶酎ハイくらいしか知らない私の頭で考えた飲み方だったので、口に含む量が多すぎたらしく、飲む時につい口許を手で覆ってしまった。お兄さんが、心配そうな顔のままじっと私を見ていた。恥ずかしかった。

初めて飲むシャンパンは、おいしかった。細かい泡と金色が、味をよく表していた。早く酔っ払うための飲物でない酒が、あるのだと思った。そして確かに、目の前の高価なチョコレートにふさわしい味だった。

私は一口ずつ、シャンパンを飲んだ。ゆっくりアルコールを飲むなんて、初めてだった。皆で集まってビールや缶酎ハイを飲む時、真治と二人で安いワインを飲む時、私は決まって発車間際の電車に駆けこむように急いでいる。まるで、酔っ払うのが遅れたら損だと言わんばかりに。

でもこの金色のお酒は、慌てずゆっくり飲むべき味に思えた。シャンパンのことは何もわからないけど、それが正しい作法なんだって気がした。そしてこの、チョコレートも。

「何だか慣れてるわ」

伽歩子さんが私を見て言った。褒めてくれたのだろうけど、自分だけが子供であることを余計に思い知らされるようだった。だって、本当に慣れていると思ったら、味がどうだとか銘柄はどこがいいとか、もっと違う話題になるはずだから。それに、伽歩子さんが私に好意を持ってくれているのかどうかもわからなかった。商売の邪魔に来た、場違いな高校生と思われたって仕方がないのだ。何しろ私は、コーヒーとチョコレートとシャンパンまで出してもらっても、一枚の絵すら買わないのだから。

私はこっそり彼女を見た。ジャケットの中で胸が前に張り出している。でも下品な感じじゃなくて、中を確かめてみたい気にさせる。どんなブラジャーをしてるんだろう、とつい思った。駅ビルなんかでは売っていない、イタリア製とかフランス製なんだろうか。目玉が飛び出るような値段、ってやつなのかも知れない。きっと、お姉ちゃんよりも桃子よりもいろんなことを知っているんだろう。話を聞いてみたいような、でも近づくのが怖いような、不思議な感じだった。

私は結局、少しだけシャンパンを残した。飲めないこともなかったけど、赤い顔で家に帰ったことが発覚したら、お兄さんが小林さんに怒られると思ったから。二人にお礼を言って帰ろうとすると、お兄さんが遠慮がちに言った。

「僕に用事があるって聞いたんですが？」

「ああもう。忘れてた」

私は慌てて鞄を探った。今日は、お兄さんにお土産を渡しに来たのだ。伽歩子さんに圧倒されて、すっかり忘れていた。お兄さんは笑いを堪えていたが、私がクリアファイルと付箋の入った袋を差し出すと、困って下を向いた。

「そんなにたいしたものじゃないんで」

「いや。どうもありがとう」

お兄さんは下を向いたまま真面目に言った。何だか、好きな女の子から突然プレゼントを貰った中学生のようだった。

「また何かあったら、諒に託けますから」

私はお兄さんに向かって頭を下げた。もうこの人と、個人的に会うことはないのだろうと思った。たとえまたチケットをもらってお返しを買ったとしても、今度はお姉ちゃんに渡すような気がした。ずっと歳の離れた義理のお兄さんと私に、この先接点があるとは思えなかった。

「わざわざ来ていただいたんだから、晩ごはんでも御一緒したら？」

伽歩子さんが、顎をすっと上げてシャンパンを飲み干した。同性の私でも、息を呑《の》むようなセクシーな動作だった。

「お店ももう閉めるし」

「あの、私……」

「遅くなるとおうちのかたに怒られる？」

「いえ。今日、お金……あんまり持ってなくて」

伽歩子さんは目を丸くして黙り、次の瞬間弾けるように笑った。

「真菜さん？　男とごはん食べる時は、お金の心配なんてしなくていいのよ。特に、自分より稼いでる年上の男の時はね。ああ、私もそんな時代があったわ。懐かしいと言うか、愚かしいと言うか」

言葉の感じとは違って、伽歩子さんは可愛らしく微笑んだ。彼女みたいな態度を身につけるまでには、男にたくさんお金を遣わせなければならないんだろうな、と思った。

「冗談は置いといて」

「冗談じゃないわよ。蓮が持つの。当たり前よね」

うるさいよ、とお兄さんは伽歩子さんを睨んだ。恋人同士のような空気が二人を包んだ。お兄さんが、表情を緩《ゆる》めて私を見た。

「食事、していきますか？　だったらお母さんに電話してみますが」

私は肩を上げるようにしてうなずいた。伽歩子さんの言葉通りお兄さんにお金を遣わせることになっても、断る方が失礼な気がしたから。でも、どんな所に行くのだろう。真治と食事をすることになってもたいていがファミレスだから、大人が使うレストランなんて想像もつかない。どう見ても高校生の私は、お店に入れてもらえるのだろうか。学校帰りの大きな鞄を提げたままで。

「伽歩子も来るだろ」

「まあ嬉しい」

お兄さんはなぜかうんざりして見せ、私の携帯から家に電話をしてくれた。

「よし。行くか」

「マリソルの所でいい？　いちおう席取っておいてもらわない？」

「真菜さんは、スペイン料理大丈夫？」

そう聞かれても、スペイン料理だと意識して食べたことなんてないし、パエリアくらいしか知らない。仕方がないので、私はまたうなずいた。この人は、お姉ちゃんが結婚する人の、お兄さんなんだ。私にお金がないのはともかく、それ以外のことでくれぐれも失礼のないようにしなくてはならない。実感はまったくないけど、小姑《こじゅうと》一人は鬼千匹にむかうらしいのだから。私は桃子から教わった言葉を思い出して、スカートの裾を引っ張った。柔らかい絨毯の上で、靴が少し汚れていた。

＊

「カホコ！　レン！」

　裏通りの小さなビルの地下に入ると、一目でラテン系とわかる背の高い男の人が両手を広げてまず伽歩子さんに思いきり抱きつき、それからお兄さんを躊躇せずに抱擁《ほうよう》した。大人の男同士が抱き合っているのを見たのは初めてだったので、私は伽歩子さんの後ろで棒立ちになった。男の人が私に気づいて、笑顔になった。

「カホコのムスメ？」

「違う。蓮の妹」

「ウソー。レンにイモウトいない」

「今度なるの。真菜さんって言うのよ」

「こんばんはーマナ。リカルドといいます」

　リカルドは私の手を取って、キスした。私はびっくりして、手を引っこめようとしたのをやっとの思いで止めた。そのまま固まっていると、お兄さんが横から私の手を引いた。

「リカルド、この人初めてだからね。びっくりしてるよ」

　リカルドは首を振って私にウインクした。私は自分の手に視線を走らせた。私の甲の上で、お兄さんの親指は長かった。お兄さんは私から手を離して、椅子を引いてくれた。ちょっと乱暴な動作だったけれども、それがもの慣れていた。

「レンー、それわたしのしごと」

先に座った伽歩子さんが、笑いながら私たちを見ていた。私は、少し気まずかった。

「真菜さんも、ワインでいい？　私たちいつもは白なんだけど」

「私は……もう、お水で。うちの人が心配しますから」

「蓮がプレッシャーかけるから」

「だって高校生なんだぜ」

「いつもはもっとひどいことしてるくせに」

「誤解されるような言い方はよせよ。この人は、諒の奥さんの……」

「はいはい。大事な妹さんね」

伽歩子さんの言葉が、私の胸の内側に小さな傷をつけた。私は、胸の中心の骨を押さえた。痛みはなかったけど、傷の小ささに似合わない違和感が残り、入ってくる空気が少なくなったように感じられた。

白ワインと、初めて飲む「シンデレラ」という名前のノンアルコールカクテルで乾杯すると、伽歩子さんが私に尋ねた。

「真菜さん、お姉さんと歳離れてるの？」

「いえ。姉は二十一歳です。四つ違うだけです」

「二十一でもう結婚するの。あら、諒さんいくつだった？」

「三十一」

「蓮もそろそろ頑張らないと」

「いまの言葉は、そのまま返すよ」

「私は一回してるのよ。あなたは未遂じゃない。カウントされないわね」

「未遂？」

思わず聞き返すと、お兄さんは不愉快そうに横を向いた。

「また余計なことを」

「言ってないの？」

「今日会うのが、二回目なんだ」

こんな時、大人に交じった素面《しらふ》の高校生はどうやって話題を変えたらいいのだろう。知ってますかーいまうちらで流行《はや》ってるのはビッチでリッチでセレブなスタイルっていうかー、とでもおかしな発音でまくしたてて煙《けむ》に巻けばいいのか、それともヨーロッパの産業革命がもたらした新たな経済格差を現在の視点から解釈すると、と冷静に語り始めればいいのか、そのどちらも違うことは明らかで、でもいい考えも浮かばない私は黙ってサラダを食べた。そうすれば、伽歩子さんが違う話にしてくれると思ったから。

「蓮はね、一回結婚しそこなってるの」

「あのな、相手が返事に困るような話は止めろ」

「お披露目のレストランに、花嫁が来なかったのよ。ドタキャンってやつ」

「……はあ」

話している人間と、聞いている人間と、話題になっている人間しかいないのだ。聞こえないふりも、聞いていないふりも出来ない。私はよっぽど、でもやっぱー、イケてるのはロスでしょー、てゆーかー、お姉さんアメリカとか行ったー？　と言ってみようかと思った。でなければリカルドを呼びつけて、キャー金髪だーイケメンだーと抱きついてみようかと。

でも、駄目だった。だって私は素面だし、伽歩子さんとは初対面なのだから。

伽歩子さんはあどけない笑顔を見せてワインを飲んだ。本当に、お姉ちゃんと変わらないくらいに見えた。

「私は良かったと思ってるんだけど、あんな裏表のある女と一緒にならなくて。蓮が付き合った女の中で、一番嫌いだったわ。で、どうして私じゃ駄目なの？　もう結婚するつもりはない、なんてことじゃないのよね？」

お兄さんが、目を伏せて溜息をついた。そして私に向き直った。冬に夏の果物を探して、途方に暮れているような顔だった。

「すみません。多分真菜さんを気に入ったんだと思いますが、聞き流していいですから」

私は、ふと思った。お兄さんは、本当は伽歩子さんを好きなんじゃないかと。この二人の間には、私が考えもつかないような複雑な事情があって、ただ好きだからというだけで良好になるような関係ではないような気がした。

深刻がっていても、私たちの恋愛はシンプルだ。お互いの気持ちが通じればカップルになるし、喧嘩の原因だっていま考えつくものがほとんどすべてと言っていい。他の子に親切にしたとか付き合い始めた記念日を忘れたとか、いつもお金を出させるとかかまってくれないとか。自分と、相手だけだ。

でも、お兄さんや伽歩子さんはもっと違う恋愛をしているのだと思う。それがどんなものかは説明出来ないけれども、お互いの感情だけでは解決出来ない関係を、知っているのだと思う。

私は、二人から視線を外して伽歩子さんが頼んでくれたガス入りのミネラルウォーターを飲んだ。炭酸が喉を刺激して、それは彼女の言葉のようだった。でも怯《ひる》まない。私はそう思った自分の心に驚いた。直接何か言われたわけでもないのに、どうして立ち向かおうとしているのだろう。彼女に勝てるはずなんか、ないのに。

だって。伽歩子さんはお兄さんを困らせてる。

あんなに直截に迫ったりするのだって、押しの一手で何とかしようとしてるわけじゃなくて、ただお兄さんをからかいたいからっていうふうに見える。そんなやり方、フェアじゃない。笑いながら追い詰めていくなんて、好きな男にやることじゃない。たとえ相手がどんなに自分の気に入らない女と付き合っていたとしても、好きであればあるほど、勝負は真正面から、のはずだ。

それが女のプライドってものじゃないんだろうか。確かに伽歩子さんはすごくいい女だけど、いまのやり方は違う、と思う。私の腹に、力が漲《みなぎ》った。

「初めて聞きましたけど、それだってお兄さんの勲章のひとつなんじゃないですか」

お兄さんはワインを吹き出しそうになり、慌ててハンカチで口を押さえた。拳で胸を叩き、目を丸くして私を見る。

「高校生とは思えない台詞ね」

伽歩子さんの視線が私のこめかみを掠《かす》めた。その軌跡がわかるくらい、痛みを感じた。私は顎を引いて視線を返した。伽歩子さんは余裕のある微笑を浮かべた。

「でもそういう時はお兄さんじゃなくて、蓮って言わないと」

「ありがとうございます。憶えておきます」

伽歩子さんは小さな笑い声を漏《も》らした。

「素質あるわね。好きよ。今度はもっとゆっくりお話しましょう」

「その時はもうちょっとお洒落して来ます。今日は学校帰りだったんで」

失礼します、と断ってトイレに立った。鏡に映る私の顔は緊張して、夜店に並んだセルロイドのお面のように硬かった。

席に戻ると、伽歩子さんが俯いて目許をハンカチで押さえているのが視界に飛びこんできた。私がいない間にお兄さんが彼女の告発に怒ったのかと、一瞬足が止まった。伽歩子さんが、眉根を寄せて顔を上げた。片方の目から涙が続けざまにこぼれて、見ちゃいけない、と思ったけどまるで本能を鷲摑《わしづか》みにされたみたいに目が離せなかった。

伽歩子さんは私に気づくと、

「大丈夫よ。ちょっと……ごめんね」

とさっきとはまるで違う細い声を出した。やっぱり私のせいでお兄さんと諍《いさか》いになっちゃったんだ、どうしたらいいんだろう。私は注意深く、自分に出来ることを思い出そうとした。闇雲に謝るなんてあまりにも子供じみてるし、普通に話題を変えるとしたら一番いいのは、と考えていると、お兄さんが音を立てて椅子から立ち上がった。私は完全に不意を衝かれて、思わず小さく「ごめんなさい……」と呟《つぶや》いた。

でもお兄さんは私なんか全然眼中になく、伽歩子さんの顎を片手で摑んで上を向かせた。それから鼻が擦れるくらいに顔を、近づけた。お兄さんは何か囁《ささや》き、同時に伽歩子さんの顎を摑んでいる手に力を加えた。そしてもう片方の手で、慎重に伽歩子さんの目のあたりに触れた。その動きは繊細で、セクシーな感じさえした。私は、彼にちょっと見とれた。正真正銘のおじさんだけど、恰好いいところもある人なんだ、と思った。

「取れた」

お兄さんはぶっきらぼうに言って、椅子に座った。

「眼鏡にしろよ」

「老眼と間違えられるから、いや」

お兄さんはポケットからハンカチを出して、指先を何度も拭いた。突っ立っている私に、ちょっと首を傾げて手で椅子を示す。私は、まだドキドキしている心臓を一所懸命宥《なだ》めて、いま戻ったばかりで何も見てないってふうに座った。目に入ったごみを取ってあげてたんだってわかっても、いまのシーンは刺激的だった。

「それに私が眼鏡なんかかけたら、AV女優みたいじゃない。ねえ？」

いきなり振られて、私は完全に返事に詰まった。思わず彼女とお兄さんを見比べていると、伽歩子さんは、

「それもまたよし、ってやつかしら。でも蓮の好みじゃないわよね」

と続けた。私は、お兄さんの顔を注視してしまった。そうか、この人もやっぱりA

Vとか観るんだ。三十過ぎなんだし、相当本格的なのを観るんだろうな。その「本格的」が実際にはどういうものかはわからなかったけど、お兄さんはいままでと違う印象で、私の目に映った。伽歩子さんが、含み笑いをしながらお兄さんを指した。

「真菜ちゃんいま、蓮もＡＶ観るんだとか考えてるでしょ」

「そんなこと！」

「この人上手よ。タフだし、献身的だし」

これは間違いなくセックスの話だっていうことは納得出来た。でも、何だか信じられない。上手だってことも、伽歩子さんとそんな関係を持ってるってことも、お兄さんにはそぐわない要素に感じられた。私から見たら、ちょっと恰好いいところもあるけど三十過ぎの、義理のお兄さんだ。

だけどこの人も、真治なんかと同じ男なんだ。女の人と付き合ったり、するんだ。私はそっと、お兄さんを窺《うかが》った。目が合うと、お兄さんはすごくぎこちなく、横を向いた。こんな態度で本当に上手なのかな、と疑われたけど、また伽歩子さんに見透かされそうで、私は黙ってガス入りのミネラルウォーターを飲んだ。

結局お兄さんと伽歩子さんはワインを一本開けただけでは足りなくてハーフボトルを注文し、それでも二人とも酔っ払った感じではなくデザートまできちんと食べて、店を出たのは九時過ぎだった。リカルドが伝票を持ってきた時、席でお金を払う店があるというのは知っていたけれども実際には初めてだったので、日本じゃないみたいだ、と思った。そして伽歩子さんとお兄さんが半分ずつお金を払い、画廊での彼女の言葉を思い出すと、おかしいというよりもやっぱり伽歩子さんはお兄さんが好きなのだと思えた。

「真菜さんって、狛江《こまえ》でしたっけ」

「調布《ちょうふ》、です」

「女の家を間違えるなんて、サイテー」

「送ります」

私は慌てて手を振った。

「大丈夫です。電車はわかるし、駅まで誰かに迎えに来てもらうから」

「そんなわけにはいかないですよ。僕が誘ったんですから」

違う。ごはんを食べて行かない？　と言ったのは伽歩子さんだ。でも私は、何だか嬉しかった。だからって、送ってもらうのは悪いというぐらいはわかっていたけど。

「真菜ちゃん、送らせるのよ。これはね、男の義務じゃなくて、権利なの」

伽歩子さんが私の両肩に手を置いて、軽く頬を合わせてきた。嗅《か》いだことのない、印象派の絵のような清潔なのに官能的な香りがした。

地下鉄から私鉄に乗り換えると電車は出たばかりで、私とお兄さんは十分ほど待って来た電車のシートに並んで座った。肩の位置がほとんど同じで、改めてこの人は小柄なんだ、と思った。でも貧弱な感じではなくて、身体の厚みなんかはむしろ真治よりあるくらいだった。きっと何かスポーツをやっているんだろう。私はお兄さんの、顔にはちぐはぐな感じの太い首をそっと見た。

お兄さんは耳たぶをほんのちょっとだけ桜色に染めて、下を向いていた。疲れているのだろうか。今日はまだ火曜日で、仕事をして、お酒を飲んで、私を家まで送ってくれようとしているのだから、当然と言えばそうだ。遠廻りをしていつもより遅く帰っても、明日はまたいつも通りに仕事に行かなくてはいけないのだ。そのへんのたいへんさは、お姉ちゃんに聞かされているから少しはわかる。

「お兄さん、おうちどこなんですか」

「田原町《たわらまち》ってわかりますか。浅草《あさくさ》の近くです」

「あの、うちと反対の方ですよね」

私は口籠《くちご》もりながらすみません、と付け加えた。

「気にしなくていいですよ。権利ってことはないですが」

お兄さんは上衣の袖を引き上げて時計を確かめた。大人っぽい仕草だった。

「それより、こんなに遅くなって大丈夫ですか？　怒られない？」

「平気です。門限とかないし、さっき電話した時もかえって申し訳ないって言ってたから」

　お兄さんが前を向いたままうなずいて、話は終わった。こんな時、大人はどんな話題を持ち出すのだろう。私が母親と一緒にいる時に聞く当たり障《さわ》りのない世間話は、天気の挨拶に始まって近所のちょっとした出来事やニュースで取り上げられていること、あとはどこそこの誰かがどうのこうの、といったことだ。でも、どれもこの場にはふさわしくない。私たちがふざけてやる、お休みの日は何してるんですかあ？　なんて台詞も変だ。サラリーマンにはプロ野球かも知れないが、あいにく私にその知識はない。気まずい思いで黙っていると、電車が発車した。まだこれから、二十分以上もかかるのに、何を話していいのかわからないなんて。いっそのこと寝たふりでもしたかったが、いくら何でもそれは失礼だった。

　肩に力を入れて黙っていると、お兄さんが頭を少し傾《かたむ》けて私を見た。童話の挿絵に出てくる、森の小動物みたいだった。

「緊張してませんか？」

「……ちょっと」

「そんな必要ないのに」

「何喋《しゃべ》っていいのか、わからなくて」

「女の人は、そんなこと考えなくていいんですよ」

お兄さんの言葉は、意外だった。そう言うなら、女の人じゃなくて子供は、じゃないんだろうか。私は、お兄さんに女の人として扱われているのだろうか。

高校生の義理の妹、ではなくて。

いきなり心臓の鼓動が速くなり、私は思わず彼から視線を逸《そ》らせた。襟許を強く摑まれて、内容はわからないけど激しい勢いで詰め寄られているようだった。私は、どう返事をしたらいいのだろう。周りの乗客が、一人残らず私たちに注目しているような気がした。

「真菜さんは、お姉さんと違いますね」

「あの……」

「人にすごく気を遣う」

お兄さんが話題を変えたように感じられたので、私は肩の力を抜いた。が、それはつまりお姉ちゃんは人に気を遣わないってことで、褒めているのではないことは明らかだ。お兄さんは、お姉ちゃんが嫌いなのだろうか。私は、お姉ちゃんが気を遣わないと実感したことはないのだけれども。

「お姉ちゃん、何か……」

「いや。悪い意味じゃなくて。諒はお姉さんのそういうところもいいんだと思いますし」

じゃあ気を遣う私はダメってこと？　と思ったけれどもそれは言えず、私はまた黙った。

「でも、お姉さんより真菜さんの方が大人ですね」

お兄さんは私に向かってちょっと首を傾げた。私は、またどきどきした。

それからお兄さんは、この間の展覧会のことなんかを質問してくれた。その口調は丁寧だけれども親しげで、あまり面識のない大人がやるように、勉強はどうだとか部活はやってるのかとかいうような、ありきたりかつ本人はちっとも興味がないのに場つなぎに聞いてやってるんだ、ってところがなかった。お兄さんは、どんな種類の人とでも同じ態度で話すのかな、と思った。それは、とても難しいことのようだけれど。

私は、この人のことを何にも知らないのだ。お姉ちゃんの婚約者のお兄さんで、画廊であの無敵の女王のような人と働いていて、披露宴に花嫁が来なかった、ということ以外は。

「あの。さっきの話、お姉ちゃんは知ってるんですか」

「伽歩子がばらしたことですか？」

私は頭を落とすようにしてうなずいた。お兄さんの足が目に入った。お父さんなんかが履いているのとはシルエットが違う、ヨーロッパっぽい靴だった。よく磨《みが》いてあった。

「諒が言ってなければ知らないでしょうし、言ってればご存知でしょう」

当たり前のことを、とは思わなかった。不思議だった。

「僕も三十になったばかりで、自分の家庭を持ちたいって考えに固執してましてね。振り返れば不自然なことはたくさんあったんですが、まったく気がつかなくて……。向こうの親戚と姉夫婦が大喧嘩を始めたりして、結構な騒ぎでした」

お兄さんは、ぼんやりと天井を見上げた。その時のことを、思い出してるんだ。私は自分が言わなくちゃいけない言葉を探したけど、なかなか見つからなくて、一緒に天井を見た。もちろん、そこに答えがあるなんて思わなかったけど。

電車が、小さな駅に着いた。まばらに人が降り、発車のベルがいやに大きく響いた。

「それ以来、女の人とどう接していいのかわからなくなってしまって……自分でも情けない奴だとは、思うんですが」

「そんな感じ、しませんけど?」

だってセックス、上手なんでしょう？　とはさすがに言えなかった。そうでなくても、伽歩子さんに対してなんかは、ずいぶん慣れてるって感じがするし、中華料理をみんなで食べた時もお兄さんの態度がたどたどしいとは感じなかった。お兄さん、考え過ぎなんじゃないですかって言ってあげたかったけど、やめた。フランス人の監督がよく撮る、年上のダメ男を救う若い娘、みたいなのは私の好みじゃないから。

「結婚するはずだったのが」

　お兄さんが、何かの報告でもするみたいに平坦に言った。

「取引先の人間だったんで会社に居辛くてね、でも意地でも辞めるかって頑張ってたところに伽歩子から画廊に来て欲しいと言われて。もちろん、僕を心配して言ってくれたんだと思ってます。ただ離婚してからはお袋さんと二人でやってたんですが、その頃ちょうどお袋さんが病気をしたというのもありましてね。僕は、元々はあいつの旦那だった人の後輩なんですよ。離婚した時に彼女についたものですから、先輩とは縁を切られました」

　お兄さんは、照れくさそうに笑った。自分の先輩を敵に廻してまで、伽歩子さんの味方をしたのだ。目の奥をふわふわしたもので撫《な》でられているような感触で、涙が出そうだったので私は慌てて唇を噛みしめた。

　どうして涙が出そうなんだろう。お兄さんがかわいそうだとも、その先輩が意地悪だとも思ったわけではないのに。

　私が黙ってしまったので、お兄さんは小声ですみません、と言った。

「変な話をしてしまいました。ちょっと酔っ払ってるかも知れません」

「そんなふうには、見えませんけど」

「酒飲みは、都合が悪くなるとこう言うんですよ」

近くまで来て手を差し伸べられていたのに、摑もうとした瞬間にすごい速さで逃げられたみたいだった。怒るよりも、悲しかった。私は、お兄さんから上体を離した。お兄さんも、前を向いた。混んだ電車の中に、本当に酔っ払った人たちの吐く酒くさい息が澱《よど》んでいた。

6

お姉ちゃんたちの結婚式というか披露宴というか、とにかくそんなものは青山《あおやま》のイタリアンレストランで開かれた。いま流行りらしいレストランウエディング、というほど本格的ではなくて、親戚と職場の人と友達が集まってお祝いをしながらちょっといいごはんを食べつつ仲良くなる、というコンセプトらしい。もともとお姉ちゃんは豪華な披露宴には興味がない上にお腹に赤ちゃんがいるし、小林さんもそんなものに関心があるタイプではなかったそうだ。二人は新婚旅行もせず、その代わり新居にホームシアターを設えた。

この計画を聞いた時、私はいいなと思った。結婚なんてまったく実感出来ないけど、自分の家庭を好きなようにつくっていけるのには憧れる。両親と一緒の家で、夜中にDVDを観てて早く寝なさい、なんて言われなくてもいいのだ。

当日、私はお姉ちゃんの振袖を着た。成人式、というのは去年のことなのだけれどもその時おばあちゃんの行きつけの呉服屋さんで誂《あつら》えたもので、お母さんは心配しなくても真菜にもちゃんと別のを買ってあげるわよ、と言ったのだったが、お姉ちゃんが三回しか着なかったので、私がそのまま貰って、もう新しいのはいらない、と言ったのだ。お母さんは気にしていたけど、私も好きな柄だったし、振袖が二枚あっても無駄だと思った。だったらそのお金で、それこそ海外旅行にでも行った方がいい。

お姉ちゃんとお母さんは近くのホテルに前日から泊まった。そこで何とウエディングドレスを着て、そのままレストランに行く計画を立てたのだ。シンプルで裾を引きずらないドレスではあったけど、小林さんが車で迎えに行くとはいえ、大胆だ。そんなことをしたら、道を行くすべての人々の注目を集めてしまう。私ならどんなに不便でもレストランのトイレで着替えると思うのだけれども、お姉ちゃんは、

「普通の場所で花嫁を見ると幸せな気分になるでしょ」

と全然平気で、引率するお母さんも、乗り気だった。私は、一人だけ輪の外にいた。女の気持ちってわからない、なんて考えた。

お父さんとレストランに着くと、もうお姉ちゃんと小林さんは受付の脇に座っていた。二人は同時に神様につくられた人のように似ていた。お客さんに笑いかけるタイミング、席を勧める仕草、そして時々見つめ合う時に纏《まと》う空気が、他人とは思えなかった。私は、幸せなんだ、と思った。私やお父さんやお母さんといるより、小林さんといる方がお姉ちゃんは幸せなんだ。一昨日まで、一緒にパックをしたり雑誌で洋服を探したりしていたのに。

目の奥がちょっと揺れて、涙が出そうになった。私は慌ててお姉ちゃんの傍を離れた。窓際に、お兄さんがいた。

「あの、この間は、御馳走さまでした」

私に気がつくと、お兄さんは軽く頭を下げて、それから上体を引いた。何だか困っているみたいだったので、私は黙った。

「……綺麗ですね」

当然でしょう？　だってこの振袖は、三回しか着ていないのだから。おばあちゃんの馴染《なじ》みのお店で安くしてもらったとはいえ、お母さんが考えこんでしまったくらいの品なのだから。私は余裕を取り戻した。

「お姉ちゃんより？」

「もちろん」

お兄さんは、私をじっと見た。人間を欺《あざむ》く、すごく頭のいいリスみたいだった。私は急に恥ずかしくなって、首を振った。

「まさか」

「本当ですよ」

私はうろたえ気味に彼から離れた。そこに知り合いらしい人がやって来て、お兄さんはその人と話し始めた。

私は、立ち話をしている男の人を見るのが好きだ。廊下で真治が石川と喋っているところに出くわしたりすると、目が釘づけになってしまう。私といる時より、テニスの試合の時より、真治は恰好よく見えるし、石川もいつもより男っぽく思える。男に似合うのは、立ち話とうたた寝だ。

お兄さんもまた、リラックスして立っている姿と高そうな黒のスーツとのギャップが、すごくよかった。無邪気な顔つきなのがまた妙にアンバランスで、目を惹かれる。私は湧いてきた唾液をこっそり呑んだ。電車で一緒だった時に嗅いだコロンの渋い香りが、鼻先に蘇った。

お客さんたちの中でも、小林さんの友達の一団が目立ってファッショナブルだった。私はこういう時には男の人はタキシードを着るものだと思っていたのだけれども、彼等は誰一人としてそんな大仰ではなく、でも普通のサラリーマンが着ている背広じゃない感じの、外国のファッション雑誌に載っているみたいなスーツで、しかもそれを上手に着こなしていた。そして羽目をはずす人も酔って真っ赤な顔になる人もなく、楽しそうに過ごしていた。

私は、小林さんって本当に上等の男なんだ、と思った。上等の男を摑まえたお姉ちゃんもまた、上等な女ってことになるのかな、と考え、ふと入口に近い席のお兄さんに目がいって、胸を思いきり殴られたように息が詰まった。

お兄さんは、きっと思い出している。いまと同じ状況で、結婚するはずだった女が来なかったことを。

その時、彼はどうしたのだろう。ひとつだけ空いた自分の隣の席を見ながら、客たちにどうもすみませんと頭を下げていたのだろうか。席を立ち、喧嘩を始めた人たちを宥め、皆さんとりあえずビールでも、などと精一杯普通に言ったのだろうか。

そしてそんな彼を庇《かば》う人間が、その場にいたのだろうか。あなたのせいじゃない、悪いのはあの女なんだから、と彼を抱きしめて頭を優しく撫でる人はいたのだろうか。

浮かんだのは、伽歩子さんの声だった。私は小さくかぶりを振った。彼女が登場したら、どんな女も、男だって敵《かな》わないだろう。

お兄さんと伽歩子さんは、お互いに最愛の相手に去られた時に傍にいて、味方をし合ったのだ。

自分の振袖が、急に価値のないものに思えた。

お兄さんは白人のウエイターと喋っていた。ここにいるのだから、きっとイタリア人だ。お兄さんが何か言うと、ウエイターは大笑いをしてお兄さんの肩を軽く叩いた。一緒に笑っている彼を見ても、私はほっとしなかった。捨てられた子犬を見ているような気持ちだった。

お兄さんは、子犬に似ている。家族の誰かが知り合いから貰ってきた、雑種の子犬。

残飯を食べ、庭に穴を掘ってひとりで遊ぶ、おもちゃの骨が唯一の宝物。

お兄さんがこの場で楽しそうであればあるほど、私には痛々しく感じられてしまう。

彼が無理してるとか、そういうんじゃ全然ないのに。

どうしてこんなふうに考えるんだろう。お兄さんは海外の美術館に詳しくて、身につけているものもいつもセンスがよくて、小柄だけどスタイルだっていいのに。私の目の前で、イタリア人と物怖《ものお》じせずに喋っているのに。

それは、お姉ちゃんも知らないだろうお兄さんの秘密を、私が知ってしまったからなんだろうか。


「真菜」

お母さんに呼ばれた。

「真治くんと、何時に約束してるの」

そうだ。この後真治と会うのだ。彼が私の振袖姿を見たいと言ったから。

「四時過ぎになるって言っといた。ここ終わったら電話する」

「少し遅れるかも知れないわね」

お母さんはちらっと時計を見た。

「さおは、具合悪くならないかしら」

お姉ちゃんは小林さんとテーブルを廻って、一人ずつと短い会話を交わしている。

メインの料理が出てしばらく経つから、後はデザートと、最後の二人の挨拶だけだ。別に変わりはないように見える。母親って心配性だ。お父さんはワインを飲んで、叔父《おじ》さんとこの場に全然関係のない株の話なんかしてるのに。

　お姉ちゃんと小林さんがテーブルに来た。小林さんに寄り添っているお姉ちゃんは、私が見たことのない顔をしていた。安心して、満ち足りて、そして誇らしげだった。頰のあたりが桃色に染まっていて、それはお姉ちゃんをとても幸せそうに見せていた。私は、ほっとした。それから、いつまでもその幸せが続きますように、と神様にお願いした。

「真菜ちゃんごめんね、ルーブル楽しみにしてたんだよね」

　小林さんが私の横に立って、笑いながらオレンジジュースを注いでくれた。この人、本当に親しみやすい。ずっと年上だってことを気にさせないのは、やっぱり意識してなんだろうか。私に対して、同級生みたいに接してくれる。

「ところで、蓮が何か失礼なことした？」

　私は驚いて、首を振った。突然お兄さんの名前を出されて、動悸が強くなった。

「だったらいいんだけど。なんだかあいつのこと、しょっちゅう見てるから」

「こないだ御馳走になって、わざわざ送ってくださったんですよ。もう御挨拶もしないで、無礼なのはこっちで、恥ずかしくって」

お母さんが割って入ってきて、いつもならうるさいなあ私が話してるのに、と腹が立つのに、いまは救われた気持ちだった。

あの時、お兄さんはうちの前まで来ると、もう遅いからとそのまま帰ってしまったのだ。私が門を開けて上がってってくださいって何度も言ったのに、「遅くまですみませんでした。じゃあおやすみなさい」とまるで隣に住む人のようにあっさりと来た道を戻っていった。当然みんなまだ起きていて、私は叱《しか》られた。でもお姉ちゃんは後で、お兄さんは私のことあんまり気に入ってないのよね、だからじゃない？ といやに冷静に言った。

「あいつが何かしたら、いつでも言ってね」

小林さんは機嫌良く笑って、付け加えた。

「そうだ。もうすぐパリに行くらしいから、付いてっちゃいなよ。たいていのとこは知ってるし、タイユヴァンでもステラ・マリスでも連れてってもらうといいよ」

もうそんなとんでもない、と手を振るお母さんの向こうで、お兄さんがこっちを見ていた。私と目が合うと、ちょっと首を傾げた。何げない仕草なのに刃物を突きつけられたみたいで、私は思わず目を逸らせた。

大きなお皿に盛り合わされたデザートが出てしばらくすると、小林さんとお姉ちゃんの挨拶があった。小林さんはやっぱりとても嬉しそうな顔のまま、みんなと家族のおかげでここまでこられた、今度は沙織《さおり》と子供と一緒に人生を歩んでいきたいと思います、というようなことを慣れた感じで喋った。私はああこの人は周りの人たちに愛されて育ったんだな、と思った。お兄さんみたいに子犬っぽい感じは全然しない。どっちかって言ったら流行りの犬をペットショップで買ってくるお金持ちの家の子供だ。もう結婚しているお姉さんも、そんな感じがする。彼女の旦那さんだって「四十であの会社の部長とはなあ」とお父さんたちが話していたような人なのだ。

お兄さんだけが、雑種の子犬なんだ。なんでだろう。やっぱり、一人だけ結婚しそこなっているからだろうか。

お兄さんは親戚らしき人と短い言葉を交わして、またちょっと首を傾げている。この人、よくこの仕草をする。

お姉ちゃんは両親に感謝します、幸せです、みたいなことを簡単に言って深く頭を下げた。いかにも若い花嫁が言いそうなありきたりの内容で、私には意外だった。ウエディングドレスを着て大勢の前でスピーチをするんだったら、お姉ちゃんならいろいろ考えて凝《こ》ったことを準備しそうだったから。

でも、もうそんなことはどうでもいいのかも知れない。パリも買物もライブもスノボも全部手放してもいいくらい、好きな人に出会えたのだから。スピーチの充実なんか、眼中になくたって不思議じゃない。

短くて凡庸なスピーチを聞いて、私は心からお姉ちゃんを羨《うらや》ましいと思った。何もかも捨てても手持ち無沙汰にならず、空いた両手で思いきり相手を抱きしめれば満足な女を、たいして価値のないものを両腕どころか背中にまでしょって、ただ、見上げた。上品に輝いているドレスが、目じゃなくて額の裏側に沁《し》みた。

＊

パーティが終わって、お店の人にタクシーを呼んでもらおうとすると、小林さんのお父さんに止められた。

「真菜ちゃんどこまで行くの」

「渋谷です」

「おじさんたち車で帰るから、乗って行きなさい」

「諒の着替えとかいろいろ積んでるから狭いけど、渋谷だったらすぐだから」

小林さんのお母さんが続けて、

「お母さんたちと帰らなくていいの？」

と聞いてきて、私がはいちょっと用事がと言おうとすると、お母さんが、

「デートなんですって。ほらこの子今日こんなもの着てるから」

と嬉しそうに振袖を指した。小林さんの両親は目を細めてそりゃあ彼氏には見せな

いと、と同意してくれたけど、私は何だかすごく、恥ずかしくなった。それは話題の内容にではなくて、じゃあどうしてかと言われると自分でもわからないのだけれども、思わず下を向いた。目の端で、お兄さんのお洒落な靴が静かに光っていた。

私は、小林さんの両親と、お兄さんの運転する車に乗った。お兄さんは帰りに運転するから、お酒を飲んでなかったんだ。私は食事の時の様子を思い返した。そもそも、小林さんがウエディングドレスのお姉ちゃんを車で迎えに行くなんてことになってしまったから、私は何だか、自分にも責任があるみたいな気持ちになってしまった。そしてこういう時ってどこに座るべきなんだろう、と考えていたら、

「真菜ちゃんは先に降りるから」

と後ろの左側に決められてしまい、お父さんが、

「マナーとは違うけど、おじさんは女の人は後ろに乗るものだと思うんだよ」

と笑った。その顔は本当にベテランの男っていう感じがした。私から見れば六十過ぎの人なんてもう老人のはずなのに、目の前のこの人はヨーロッパ映画に出てくるような、若い女を連れて歩いていてもそれが決まるような、桃子がよく言う「渋い」タイプだ。私は、きっとにっこり笑ってお礼を言うのが正しい対応なんだ、と決心して、ありがとうございます、と出来る限りエレガントに後部座席に座った。内心は、まったく平静ではなかったけれど。

先に乗りこんでいたお母さんが、微笑んで窓側に寄ってくれた。少し粉っぽい、百合の花のような香りがした。お母さんはシャネルタイプのスーツを着ていて、それはわりと普通だったけど、足許を見るとやっぱりとても綺麗な形のハイヒールを履いていた。プレーンなパンプスなんだけど、一目で国産じゃないってわかるフォルムで、お母さんの足につながるそのラインはクラシック音楽みたいに優雅だった。

「素敵、ですね。その靴」

「まあ」

お母さんははにかんで、ちょっと足を引っこめた。

「お目が高いのね。蓮にミラノで買ってきてもらったのよ」

ミラノかあ。私は心の中で溜息をついた。外国を国じゃなくて都市で言うのって、こなれてる。それにしてもお兄さんは、いろんなところに行ってるんだ。私なんて、日本どころか、本州からだって出たことがないのに。

私はバックミラーに映るお兄さんを見た。目許と額がちょっぴりしか見えないせいか、運転しているせいか、いつもより大人びている。って言うか、もうこの人は十分に大人なんだ。ヨーロッパに仕事で何回も行ってて、イタリア人を笑わせることだって出来る人なんだ。鏡の中で私と目が合うと、お兄さんはまた軽く首を傾げた。ただの癖《くせ》なんだろうけど、私はそれを正視出来ない。なんでだろう。怖いとか、気持ち悪いとか、そんなんじゃないのに。私の中の何かが、負けるような気がしてしまうのだ。でも負けるって、何に？　三十を過ぎて大学生みたいな、雑種の子犬のどこに？

考えたけどわからなくて、やっぱり私は目を逸らせてしまう。何か喋って誤魔化さないと、と考えていたら、お兄さんの声がした。

「もうすぐ渋谷ですけど、どこで落とせばいいですか？」

車から人を降ろす時、本当に落とすって言うんだ。テレビでしか聞いたことのない言葉を普通に話すお兄さんに、私は慌てた。

「あの、東急本店のところで、お願いします」

そのすぐ傍に、チェーンだけどそんなには混んでいない喫茶店がある。私と真治は、渋谷に行くといつもそこだ。そんなにしょっ中行くわけではないけど。

「真菜ちゃん通《つう》だねえ。センター街じゃないんだ」

お父さんが感心して、それが私には恥ずかしかった。背伸びしてやがる、と言われた気がして。

「あっちはすごい人だから……」

「どこでお待ち合わせなの？」

「喫茶店なんですけど、場所は知ってますから」

「お店の前につけますから、教えてください」

車は「つける」ものなんだ、と私はまた感心した。それにお兄さんは丁寧に喋る。高校生に向かって教えてください、なんて言う大人は初めてだ。場所を説明すると、お兄さんはバックミラーの中で少し眉を寄せた。

「そこはちょっと停めにくいんで、少し先でいいですか？」

私はほっとしてうなずいた。理由はないけど、真治と会うところをお兄さんに見られたくなかった。

喫茶店からほんの二十メートルくらい先で車を停めてもらい、お礼を言って降りようとすると、お兄さんが先に降りて外からドアを開けてくれた。テレビで観た政治家か会社の社長みたいな扱いに、走って逃げたいくらいだったけど、お兄さんはさらに私と並んで歩き始めた。

「あっ、あの……」

「お店まで行きます」

「だって、あの、すぐそこだから」

手旗信号のようにばたばたと手を振って断りたかったけれども、慣れない振袖でそれも出来なかった。私は、耳まで赤くなっているのをはっきりと自覚した。歩いている人たちが、皆こっちを見ているような気分になった。お兄さんは、ごく自然に車道側を歩いた。歩道の中なのに。

一分もかからなかったのに、私は疲労困憊《こんぱい》して店に辿り着いた。窓側からふたつ目の席に真治がいて、こっちに気がつくと不審そうに私とお兄さんを窺った。お兄さんが私に、

「彼氏？」

と尋ねた。

「ちゃんと説明してね。心配してるよ。それじゃまた」

お兄さんは私の背中に手を置いて笑った。私は真治ともお兄さんとも目を合わせられずに、何度もうなずいた。まるで、自分自身を納得させようとしているみたいに。お兄さんは真治に軽く会釈して、帰って行った。私は、大きく息をついた。頭の芯が、廻っているみたいだった。

飲物を買って席に着くと、真治が不安そうに言った。

「岡崎、あんまり可愛いからナンパされた？」

私は彼を見つめた。疲れが吹き飛んだ。

「小林さんの、お兄さん。車で送ってくれた」

「お姉ちゃんの旦那さんの？　すげえ若くない？」

「あれで、三十いくつだかなんだよ。小林さんの方が全然上に見える」

「大学生かと思った」

真治は屈託なく言い、ふと真顔になった。

「その着物、ほんとよく似合ってる。信じられないくらい可愛い」

私は思わず真治の手を握った。私を包む厳《おごそ》かなまなざしと、意志の強さに満ちている締まった口許。真治は、いつも最適のタイミングで私を落ち着かせてくれる。やっぱり、この人が好きだ。お姉ちゃんが小林さんを好きなよりも、ずっと、ずっと。

7

それからしばらく経ったある日、私はお母さんと一緒に銀座に買物に出た。その日はお父さんが会社の飲み会で遅くて、お母さんは働いている友達と銀座で舞台を観る約束をしたのだ。そしてバーゲン中ということで、私に何か買ってくれることになった。

もう授業が午前中だけになっていたので、デパートの二階のカジュアルイタリアンでランチセットを食べて、そう言えばお姉ちゃんの時もカジュアルイタリアンだったね、いまはイタリアンが主流だわねえ、お母さんたちの世代だとやっぱり和食とかフレンチは敷居が高い感じするわね、なんて話をした。

クラスでは親と仲の悪い子も多いけど、私はこうやってお母さんとそんなに重要じゃない話をするのが好きだ。俳優の誰が素敵だとか、ブランド物の新作だとどれが欲しいとか、そんなことを話していると安心する。私の話を聞いてくれる人が傍にいるんだって思うと、いい香りを胸いっぱいに吸いこんだような気持ちになる。

お母さんは、どう感じているんだろう。お姉ちゃんが結婚して、家を出たことについて。

私は普段、お母さんもお父さんも突然いなくなるなんて考えもしない。想像も出来ないような先に、老人になって死んでしまうまで、傍にいるものだと思っている。別れ別れになるのは、誰かが死ぬ時だ。

でも、お姉ちゃんは家を出ていった。知り合って一年にもならないような他人と、新しい家族をつくるために。

「お母さん、お姉ちゃんが結婚して、どう思う？」

「どうって？」

デザートの盛り合わせを食べていたお母さんは、手の動きを止めて私を見た。

「ずいぶん早いとは思ったけど、小林さんもいい人だし、赤ちゃんもいるんだし、良かったんじゃないの？　真菜は嫌なの？　小林さん、好きじゃないの？」

「そんなことないけど。淋《さび》しくない？　お姉ちゃんいなくなって」

お母さんはひとくち残ったジェラートに目を落とした。いつもなら、私が喋ってても デザートを優先するのに。そして、少し黙った。

「そりゃ、淋しいわよ。あの子まだ二十一なんだし。孫ができるのは嬉しいけど、当分一緒に何かするなんて無理だしね。まだやりたいこと、いっぱいあったけど」

「そんなに急いで結婚しなくても、って感じ？」

「親が子供の結婚に反対しちゃ駄目」

　お母さんは一人でうなずいて、弱々しく笑った。いままで見たことのない顔だった。私は、自分が涙ぐみそうになるのに気づいて、慌ててカフェラテを飲んだ。喉が鳴る音が意外に大きくて、まだ目のずっと奥にある涙が揺れたようだった。

　デパートを出て大通りを歩いていると、信号待ちをしている背の高い女の人が目に入った。白いシャツに黒のパンツで、派手じゃないのに目立っている。日本人じゃないみたいだ、と感心した時に思い出した。

　伽歩子さんだ。

「お母さん、あの人」

　伽歩子さんも私に気がついて、笑いながら小さく手を振ってきた。こないだと違う、庶民的な仕草だった。

「あの、こんにちは。この間は、ありがとうございました」

「こんにちは真菜ちゃん」

　名前、憶えてくれたんだ。何も買わない、高校生の私のことを。

「小林さんのお兄さんの、画廊のオーナーの……」

　何だかたどたどしい言い方になってしまって、私は自分自身に舌打ちしたい気持ちだった。

「まあ初めまして。真菜の母です。先日は娘がお世話になりましてありがとうございます。初めてお邪魔したのに、すっかり御馳走になってしまって」

でもお母さんが明るく挨拶をしてくれたので、私も少し笑うことが出来た。さすがは母親だ。初対面の人にも、こんなにそつがない。

「このたびはおめでとうございます。桐生と申します。蓮がお世話になっております」

私の胸が、きゅっと締めつけられた。伽歩子さんは、本人がいないところでも、「蓮」って呼ぶんだ。

短い世間話をして、分かれるのかと思ったら、伽歩子さんがにっこりして言った。

「よろしかったら、お寄りになりません？　蓮もお客さまの予定はないですし、お茶でも飲んでいかれたら？」

私は不安になってお母さんを見た。当然断るよね、とは思ったけど。でもどうして不安になるんだろう。伽歩子さんの迫力に圧倒されているから？　そうじゃない。そうじゃないけど、急に心臓が動きを強めて主張している。

「そんな、いいんですか。お言葉に甘えちゃって」

「お母さん！」

「だって画廊って行ったことないから。まだ時間あるし」

「お母さんのへそくりじゃ、絶対買えないようなのばっかりだってば」

伽歩子さんが笑った。

「真菜ちゃんが働くようになったら、無理矢理ローン組ませて一番高い絵を買ってもらうから大丈夫」

伽歩子さんとお母さんは、先に立って歩いた。お兄さんとまた会えるんだ、と思ったら私はちょっと歩みが遅くなった。銀座に来るから、いつもより大人っぽい恰好をしている。でも、バッグが初めて会った中華料理店の時と同じだ。ひとつしかないブランドものをいつもいつも持ち歩いている娘だなんて思われたら嫌だな、と考えた時、私はふと不思議な気持ちになった。

どうして、そんなことが気になるんだろう。ただ、お兄さんに会うだけなのに。

通りを一本入って、ビルの階段を上って、伽歩子さんとお母さんに続いて画廊の中に入った。入口の脇に、男の人が座っているのが見えた。

お兄さんだ。

私は、立ち止まった。お母さんに気づいて、お兄さんが立った。笑顔で挨拶をしてる。

お兄さんが、私を見てちょっと首を傾げた。この仕草を見ると、涙が出そうになる。どうしてなんだろう。何か言いたそうな顔が、大学生みたいなのに。

　お兄さんは、首を傾げたまま私を見ていた。挨拶しなくちゃ、と思ったのに言葉が出なかった。この間はありがとうございました、これだけでいいのに。私は、必死で唾を呑んだ。喉の粘膜が、痛かった。

「お久し振りです」

　先に言ったのは、お兄さんだった。唇を開くと、大きく息が吐き出された。私は結局、何も言えずに頭を下げた。お母さんはとっくに伽歩子さんに中を案内してもらっていて、私はお兄さんと窓際に向かい合って立った。顔が上げられなくて、下を向いているとお兄さんの靴が目に入った。今日も、綺麗に磨いてある。同じ黒で革だけど、一目で日本製じゃないってわかるデザインだった。

「……ですか？」

「えっ？」

　普通に言ったつもりなのに、あまりにも小さな声しか出ていなくて、お兄さんが聞き返してきた。

「……その靴も、ミラノで買ったんですか？」

「これは、フィレンツェだったと思いますが。どうして？」

「こないだ、小林さんのお母さんがすごく素敵なパンプスを履いてて、お兄さんがミラノで買ってきたって言ってたから……」

「まあよく言いつけてきますよ。靴だ化粧品だ何だかんだってね」

「お兄さんも、お買物は海外でしかしないんですか」

「そんなことはないですよ。これもたまたまセールの時期に行ったからだし。そのへんの靴屋でしたから、安かったですよ」

お兄さんが、私のバッグに目を留めたように見えた。私は、そっとバッグを身体の後ろに廻した。

「真菜さんも、ブランドものとか好きなんですか？」

私は、小さく首を振った。本当は大好きなんだけど、なんとなく、そう言わない方がいいような気がして。

「蓮」

伽歩子さんがお兄さんを呼んだ。アルトのその声を聞いた途端、喉を強い力で締めつけられたように息が苦しくなった。

「予定ないでしょ。お茶に御案内したら？」

「まあーそんな。もうおいとましないと」

「近所にちょっとおいしいケーキのお店があるんですよ。今日は蓮は暇ですから。せっかくいらしたんだし、御馳走させてください」

伽歩子さんはお兄さんに向かって笑いかけた。今日も綺麗にメイクしてる。肌が透き通って色むらも全然ない。私は思わず自分の鼻を両手で押さえた。脂浮きしてるかも、と思ったら案の定ちょっと湿っていた。すごく、悲しくなった。

お兄さんはまた少し首を傾げて、お母さんと伽歩子さんを見て、最後に私を見た。

「行きましょうか」

私は、どうすることも出来なくてうなずいた。お母さんが嬉しそうに伽歩子さんと喋っているのが、視界の端で歪《ゆが》んでいるようだった。

喫茶店の一番奥のテーブルに、私とお母さんが並んで、お兄さんは向かいに腰を降ろした。お母さんはまったく緊張してなくて、早速メニューを広げるとお兄さんにいろいろ尋ねている。当たり前と言えばその通りなんだけど、私は呆気に取られていた。

硬くなっている自分の方がおかしいのは、わかっているんだけど。

「決めた。真菜はどうするの」

「私……？」

「どれがあんたの好きそうなやつなのか、蓮さんに教えていただきなさい」

お母さんも「蓮さん」って言うんだ。いま初めて聞いたわけじゃないのに、その言葉は私の耳に突き刺さった。そしてお兄さんが私の方に顔を向けたので、私は、思わず上体を引いた。でもお母さんも待ってるし、何か言わなくちゃ。

「私、チョコレートのやつが……」

どうしてこんな情けない声しか出ないんだろう。これじゃ本当に子供だって思われてしまう。

だけどお兄さんは非難がましい態度も取らずに注文をしてくれた。結婚式のことなんかを、お母さんと話している。私はそっと顔を上げて、お兄さんを見た。お母さんが喋るのにいちいち相槌《あいづち》を打っている表情が、知的だった。何でも知っているのに、相手の話をちゃんと聞いてあげている偉いお坊さんみたいだ。この人、いつもこんな顔つきだ。自分の披露宴で花嫁が来なかったなんて、想像もつかない。

その時、お兄さんは誰に慰めてもらったんだろう。泣いたんだろうか。それとも、姿を現さなかった花嫁を罵《ののし》ったのだろうか。酔い潰れて、道端で寝てしまったりしたのだろうか。友達に担《かつ》がれて、家まで連れて帰られたのだろうか。

私の頭に、また伽歩子さんが浮かんだ。夜中なのにまったく化粧崩れしていない肌《き》理《め》の整った顔で微笑して、お兄さんに肩を貸してゆっくり歩いている。時々ぶつぶつ言っているお兄さんを宥めるでもなく、シャッターの閉まった商店街を歩いている。背が高いしハイヒールだし、お兄さんより肩の位置が上だ。お兄さんがよろめいても、ちゃんと支えてあげられる。

コーヒーとケーキがテーブルに置かれて、私は続けざまに瞬きをした。目の前のお兄さんは酔っ払っているでもなく繰《く》り言を言っているでもなく、お母さんが話してい

るのを律儀に聞いていた。そしてケーキのお皿を見て私に、

「どうぞ。口に合うといいんですが」

と言った。なぜこんなに、大人に対するみたいに言うんだろう。私が高校生だって、知ってるのに。

お兄さんの前には、ミルフィーユがあった。本で食べ方が難しいって出てるケーキだ。デートで頼むのはやめましょうって、必ず書いてあるやつ。私も外で頼んだことはない。どうやって食べるんだろう。

お兄さんはほとんどお皿を見ないで、ミルフィーユを横に倒した。それも指で。でもその時の手の動かし方があんまり自然だったからまるで何もしていないみたいで、ケーキは自分から横になったように見えた。そしてお兄さんはフォークを取り上げて、またお皿を見ないでミルフィーユを半分に割って、縦に小さく分けた。フォークが動いている様子は一流の演奏家が楽器を弾いているみたいで、耳を澄ますと聞いたことがない音楽が感じられるようだった。私の知らない楽器を弾くお兄さんの指はまっすぐで長くて、いま洗ったばかりのように清潔に見えた。

お兄さんは厨房に視線をやると、分けたミルフィーユを一片ずつ私とお母さんのお皿に載せた。お母さんは胸の前で両手を合わせて、すごく嬉しそうにお礼を言った。

私は、お皿に載ったミルフィーユを見た。断面が、崩れたり潰れたりしていない。何

層にも重なったこの縁《ふち》を、お兄さんのフォークが触れたんだ、と思ったら混乱した。そのフォークだって、まだ口をつける前なのに。

私は、ミルフィーユを口に運んだ。甘さを控えたカスタードクリームが舌の上で溶けると、その味はお兄さんの大きな手によく似合っていた。フォークなんかじゃなくて、彼の指で摘《つま》んで口に入れられた方がふさわしいのに、と思った。彼の、一番長い中指を少しだけ噛んでみたかった。

私は、フォークを置いた。何てこと考えてるんだろう。真治といる時だって、こんなこと思わないのに。

お兄さんが不思議そうに私を見た。私は慌ててフォークを持ち直した。あんまりおいしくて、と言おうとしたけど、迷子になった子熊みたいなお兄さんの顔を見たら、言葉がお腹の底に沈んでいった。

「どうしたのあんた」

お母さんの声に、私はようやく落ち着きを取り戻した。

「……あんまり、おいしいから」

「ねえほんとに。やっぱり働いてらっしゃるから素敵なお店もよく御存知なのね」

お兄さんは下を向いてはにかんでいた。子熊みたいな顔が、いっそう愛らしくなる。

でもそれは幼く見えてっていうんじゃなかった。うまく言えないけど、真治とか石川とか、本当の子供には持てない子供っぽさのようだった。

本当に不思議な雰囲気の人だ。私が改めてお兄さんを見た時、携帯のバイブ音が響いた。お兄さんがスーツの上衣を探って、私とお母さんを見た。のんびりケーキを食べていたお母さんが「やだ、私？」と慌ててバッグから携帯を出して立ち上がった。小走りで店の外に出て行くお母さんを見ながら、私はちょっと身体を縮めた。

「すみません、お母さんまだ携帯に慣れてなくて」

「僕もですよ。便利だとは思いますが」

そう言えば、まだお兄さんのアドレスを聞いていない。いま持っているのがプライベート用だとして、私がアドレスを聞いたら、すぐに教えてくれるんだろうか。

普段私たちはメールのアドレスなんか、よっぽど嫌な相手以外には簡単に教えてしまうけど、お兄さんはどうなんだろう。いちおうは親戚なんだし、断られる理由はないと思うけど、でも私にはその勇気が出なかった。アドレス教えて下さい、と頭の中で考えた途端、心臓の動きが速くなってとてもお兄さんの顔を見られなかった。

でもメールが出来れば……。そうしたら、私はどんなことを打つつもりなんだろう？

「あの」

お兄さんはまたちょっと首を傾げて私を見た。駄目だ。この顔を目にすると、私は何も出来なくなる。

「すみません慌ただしくって」

そこにお母さんが戻ってきた。私は思わず、大きく息をついた。

「ちょっとお友達と約束してたんですけど、何だか早く終わったからもう会おうって。三越《みつこし》でパートしてるんですけどね、申し訳ないんですけど、これで失礼しないと」

「もうお母さん、それほんとに失礼」

「だって妙《たえ》ちゃんが一緒に松屋《まつや》見たいって言うんだもの」

「三越で働いてるのに、松屋なんか行っていいの」

「アロマセラピーアソシエイツで、限定の何か出たらしくって。お母さんも見たいし」

「また買う気？」

「お母さん四十五だし、外見にも投資しないとねえ」

私は心底呆れていたのだけれども、お兄さんは楽しそうに笑っていた。

「じゃ、あんたこれで払っておいて。蓮さんの分もね」

お母さんがお財布からお金を出したので、私は思わず聞き返した。

「私も帰るんじゃないの？」

「なに言ってるの。それこそ失礼ってもんでしょうが。あんたは用事ないんだから、ちゃんと最後までいただいて、お邪魔にならない程度に美術館のお話なんかも聞かせていただきなさい」

私はお母さんを見て、お兄さんを見た。いいんですか？　と聞きたかったけど、嫌に決まってる、なんて言われたら困るから黙っていた。お兄さんは普通にうなずいて、立ち上がると去って行くお母さんを見送った。

残れてほっとした反面、私はものすごく緊張してきた。お兄さんと二人だけで向かい合ってるなんて、初めてだ。並んで歩いたり電車に乗ったりっていうのは、あったけど。

何を話せばいいんだろう。ケーキがおいしいってことはもう言っちゃったし、共通の話題と言えばお姉ちゃんの結婚式のことだけど、それもさっきお母さんがほとんど話してたし。チケットを貰ったルーブル展のこともこないだ帰りの電車の中で話してしまった。あとはあとは、と必死で考えていると、優しい声がした。

「そんなに硬くならなくても、いいんじゃないんですか」

お兄さんは口をつけていない自分の水を、渡してくれた。私はそれを飲んだ。喉が冷やされて、空気が通っていった。

「なに喋ったらいいのかなって思ったら……」

「そういうことは、男に任せておけばいいんですよ」

　お兄さんの言葉に、せっかく入ってきた空気が大きな力で潰されたように消えた。私はまた苦しくなって、下を向いた。そうしたからって楽になるわけでもないのに。でも、彼をまともに見ていられなかった。

「さっき何か言おうとしましたよね」

「ああ、あれは」

　あの、と言っただけなのに、お兄さんはちゃんと聞いて、憶えていてくれたんだ。嬉しかったけど、この状態でアドレスを教えてくれなんて、とても言えない。

「たいしたことじゃ、ないんで」

「遠慮する必要はないですよ。借金と保証人以外のことだったら、何でも言ってください」

「私、まだそういうことは……」

「そうでした」

　お兄さんは、微笑んだ。

「真菜さんと話していると、高校生だってことを忘れてしまいます」

「それは……老けてるってことですか」

「そうじゃなくて。別に高校生のサンプルをそんなに持っているわけではないんですけどね。で、何の話でしたか？」

私は迷ったけど、思いきって口を開いた。

「携帯の、メールのアドレス、……聞いていいですか」

「もちろん」

あっさり承諾されて、私は全身から力が抜けるようだった。本当に、へなへなと崩れてしまうかと思った。でもそんなことはやっぱりなくて、お兄さんと私はアドレスを交換した。お兄さんの携帯は黒で、古い機種でもないのに細かい傷がいっぱいついていた。そして細い革のストラップだけが新しかった。待受《まちうけ》がどうなってるか見たかったけど、逃してしまった。お兄さん待受なにー？　とか聞けるキャラだったら良かったのに、と思ったけど、もしも小林さんにだったら意識せずに言えるな、と気がついた時、私は自分の気持ちに、胸が潰された。

私は、この人のこと……。

お兄さんが残りのケーキを食べた。これで私が自分の分を食べ終えたら、帰らなくちゃいけないんだ、と気がついたけど、だからってゆっくり食べるとか、何か話を探して時間を引き延ばすとか、そんなことをする余裕はなかった。いつもの私だったら、ちょっとくらいの策略は立てられるのに。

私も、急いでケーキを食べた。チョコレートの濃厚な味が、苦く感じられた。

「九月にパリに行く予定があるんですが」

お兄さんの声に、私は顔を上げた。

「何か買ってきますか」

私は、唾を呑んだ。

「お仕事、ですか」

「まあそんなところです」

欲しいものを手に入れる時に、手段を選んでちゃ駄目だ。

どこからか、でもはっきりとその声は聞こえた。私は、立ち上がってテーブルを思いきり引っくり返したい衝動にかられた。

「私も、連れて行って……ください」

自分でもびっくりするくらい、差し迫った言い方だった。こんなことを義理とは言え年の離れた妹に切羽詰まって言われたらお兄さんでなくたって困る、という思いと、困って返事の出来ないお兄さんを見たい、という思いが胸の中で同じくらいの分量で揺れていた。さあ返事して、と彼のスーツの襟を摑んで詰め寄りたい気持ちだった。

お兄さんは、ちょっとだけ目を丸くした。でもすぐにさっきのお坊さんみたいな顔に戻った。困っても怒ってもいなかったので、私はほっとした。そして正気に返り、冗談です言ってみただけ、と笑おうとした。

「僕は構いませんが。学校は大丈夫なんですか」

どうして？

私の頭の機能がすべて停止した。どうしてそんなに簡単にいいなんて言えるの？いまも含めて、まだ四回しか会ったことがないのに。身体のどこかが、音を立てて崩れていくようだった。でもどこが、とぼんやり思うと、疲労感がどっと押し寄せてきた。

「御両親は反対しませんか」

「……わかりません。もしかしたら、駄目かも」

「僕も出来る限りのことはします」

どういう意味なんだろう、と思った時に、お兄さんが水の入ったコップを指した。

私は恥ずかしいくらいに大きく息をついて、半分くらい残っていた水を一息で飲んだ。飲み終わってから、全然手をつけていない自分のコップがケーキのお皿のすぐ横にあるのに気づいて、穴があったら入りたい、って言葉が痛いくらい実感された。

「……すみません」

「行きましょうか」

お兄さんが伝票を手にしたので、急いで「払います」と言ったけど、あっさり無視された。お金をむき出しのまま持ってお店を出ると、お兄さんは少し笑った。

「しまって。お母さんには御馳走様でしたって、言っておいてください」

「でも」

「後ろめたいんだったら、遣って帰ることですね。電話します」

背中で片手を挙げて、お兄さんは帰っていった。私はその場に立ち尽くした。世界が、すごい速さで廻っているみたいだった。自分自身が、信じられなかった。

8

どうなることかと思ったけど、私のパリ行きはあっさり決まった。お兄さんがお母さんに電話をしてくれて、その前にいちおう話してはあったものの本気にされていなかったプランが実はお兄さんの承諾済みだったとわかって、お母さんは最初は慌てたけど「まあー御迷惑じゃないんですか本当にもう。ずーっとパリだルーブルだって言ってましてねえ。沙織が結婚したから諦めると思ってたんですよ」などと恐縮しているのだか助かったと思っているのだかわからない応対をして、最後には「蓮さんのお邪魔はしないようによく言っておきますから。ところで、ブランドものっていまどれくらい安いんですか」なんて言い出す始末だった。

それから私は、お兄さんと何回かメールのやりとりをした。まずパスポートを取ること、日程の調整、行きたいところを決める。お兄さんのメールはいつも必要なことだけで、絵文字もなくて、最後に必ず「Ren」と入っていた。その署名を見ているうちに、私は心の中で彼を「蓮さん」と呼ぶようになった。口に出すことのない彼の名前は身体のどこかに沁みて、奇妙な酸っぱさを残すのだった。真治も、その前に付き合った男の子も名前を呼び捨てにしてたけど、別に何でもなかったのに。私は些細《ささい》なことで動揺する自分の心が哀れだった。

そして、夏休みが始まった。

部活動もなく予備校にも通わない私は暇なはずだった。多分来年は受験で追われてしまうから、今年は出来る限り映画を観てDVDもいっぱい借りてそれから図書館に行って本も読まないと、と計画をしていたのだけれども、パリ行きを前に浮かれた気分、なんかではなく何も手につかなかった。暇な時間があると胸の内側がざわざわと、騒がしいような痛いような苦しいような感覚に囚《とら》われるのだった。気に入っているDVDを観て紛らわそうとしても、喉がすごく渇いた時と同じように身体がひりひりした。

私は、毎日のように真治と会った。彼には部活があるから、夕方に待ち合わせてファーストフードで一時間ほど話すだけだったけれども、彼の顔を見ないと、自分が生活を忘れてしまいそうな気がした。

真治は、部活で疲れているだろうけどそんな素振《そぶ》りはまるで見せず、日焼けした顔と少しぼさぼさの髪と、埃《ほこり》と汗の混じった匂いを引き連れてやって来る。大きなバッグも底の方が埃まみれで、私はそれを見ると少し落ち着いた。いかにも高校生、といった彼の雰囲気にほっとするのだった。

「岡崎、最近元気ないよな」

真治はLサイズのコーラをストローを使わずに勢いよく飲み、私を見た。私は、いつも渇いている身体の内側をやすりで擦られたような気分になった。

「うん……」

「おれが原因？」

私は急いで首を振った。

「お姉ちゃんがいなくなっちゃったから、淋しい？」

「そんなことない」

「河合《かわい》たちと喧嘩した？」

真治は私が仲のいいクラスメイトの名前を挙げた。

「違うの。自分でも、どうしてだかわかんない。心細くて……原因は、ないんだけど」

真治は眉間に皺を寄せて首を傾げた。蓮さんと、同じ仕草だ。でも私は、どうしようもないような、いたたまれないような気持ちにはならない。私を心配してくれる姿のいい恋人に少し見とれるだけだ。

「ごめんね。でも、真治といると楽になるんだ」

「岡崎は……強いよな」

　感情を殺しているみたいな、ざらついた声だった。いつもと違うよ、真治こそ何かあった？　と言おうとすると、彼は考え深そうな表情で、私の手を強く握った。汗ばんだ掌《てのひら》は、近頃私の身体を支配している邪悪な小人を握りつぶすように力を加えた。私は、頭を垂れた。こんなにも真治が好きなのに、どうして蓮さんに目がいってしまうんだろう。十七歳の私にふさわしいのは誰が見たって目の前の真治のはずだし、ルックスも、よくは知らないけど人望も、そして多分性格だって、真治の方が上なんだろうに。

「心配するな、おれはいつでも岡崎の味方だから。何も、出来ないけど」

「ありがと」

「パリにだって行くんだろ。いいじゃんか」

　顔を上げた私は、またがっくりと首を垂れた。真治に、蓮さんと関わる話をしてほしくなかった。バラエティー番組の話やクラスメイトの噂なんかで、私を現実に引き戻して欲しかった。

　真治は紙コップをテーブルに勢いよく置いた。ガラガラガラ、と氷が動く音がした。

「岡崎さ、気分転換に部活見に来いよ」

「邪魔じゃないの？」

「何で。見てるだけだろ？　彼女とか彼氏とか、よくいるぜ」

それも、いいかも知れない。同じくらいの年頃の人たちと集まれば、気分も変わるだろう。誰がいけてるとかデートするならどこだとか、そんな他愛もない話をして帰りにはファミレスでパスタやハンバーグを食べるのだ。高校生らしい、お金のかからない、あまり個性のない遊び方。

私は真治の指の付根を、反対側の手でそっと覆った。意外に華奢だ、こんなに背は高いのに、と思ったらまた蓮さんが思い出されて、胸が苦しくなった。

次の日、誘ってくれたのが真治からでも、やっぱりあまり長居をしては悪いと思い、部活が終わる一時間くらい前にテニスコートに行ってみた。二年生の男子と女子がそれぞれ練習試合をしていて、ジャージを着ていない女子が二人、少し離れた場所に座っていた。一人は真治と同じクラスで、確か北嶋《きたじま》という男子と付き合っている。もう一人は話したことはなかったけど、顔には見憶えがあった。二人は私に気づくと、大袈裟なくらいに手招きをした。子供っぽい仕草だったけど、いまの私にはそれも嬉しかった。

「岡崎、よく来るの？　あんまり会わないね」

北嶋の彼女が話しかけてきた。近くで見て名前を思い出した。野中《のなか》だ。

「初めて。野中は？」

答えながらもう一人に首を伸ばすと、野中が手際良く紹介してくれた。

「Ｆ組の上原《うえはら》。阿部《あべ》の彼女だよ。この子がさっき話してた岡崎」

「なに？　なに話してたの」

「中沢がベタ惚れだって」

「バレンタインにチョコ貰って、すごい喜んでたって尚人《なおと》が言ってた」

上原が気さくな笑顔を見せた。私は、申し訳ない気持ちになった。誰に対してかは、わからなかったけど。

コートの脇に立っていた真治が私に向かって大きく手を振り、他の部員に背中をばしばし叩かれていた。ここにいるのはみんな、高校生なんだ。彼女が部活を見に来れば手を振り、それを冷やかす。私はしんみりとした思いで、小さく手を振り返した。

真治が北嶋とペアを組んで、コートに立った。北嶋は真治より背が低いけれども、それでも百七十五センチはある感じで、手足が長くて、走るのがすごく速かった。絶対に間に合わない、と思うようなボールにもためらいなく突進していき、加速の時間が短くてあっというまにトップスピードになって腕を伸ばすと、ラケットはボールを捕らえているのだ。北嶋がボールを拾うさまは、新しい種類の舞踊のようだった。

そして真治もまた、私といる時や教室で石川たちとふざけている時とはまったく違っていて、どちらかと言うと武術をしているような動きで、でもそれは強いとか逞《たくま》しいとかそういう印象ではなくて、とても、綺麗だった。前にある俳優が「武術と音楽は似ている」と言っていたけれど、真治がスマッシュを打つと、どこかから本当に音楽が聞こえてくるようだった。

砂埃が舞っているのに湿気を含んだ重い空気が私たちに纏わりつき、昨日よりも去年よりも、憶えているどんな夏よりも暑い、と感じられる一日だった。でもその中で立っているのはちょっときついけど不快ではなくて、エアコンの効いた画廊やスペイン語が飛び交うレストランなんかにいるよりも、気分的にはずっと楽だった。どんなに頑張って背伸びをしても、そしてそれを周りの大人たちが微笑ましく思ってくれても、私はやっぱり高校生なんだって痛感した。錯覚ではなく、身体のどこかが痛んだ。

「中沢、いいよねえ」

「北嶋もね」

「当たり前じゃん」

野中が肘で私の脇腹を思いきり突いた。私は、嬉しかった。けど、伽歩子さんの顔が浮かんだ。

彼女なら、何て答えるのだろう。もし私が「蓮さんて、恰好いいですよねえ」と言ったら。嬉しそうに笑って「そうでしょう」と言うのだろうか。「あら真菜ちゃんから見たらもうおじさんじゃない」なんて言うのだろうか。蓮はこう見えて泣かした女は数知れずで、なんて言うのだろうか。

違う。きっと微笑んで蓮さんを見るのだ。私がどんなに頑張っても真似出来ないような、余裕のあるまなざしで。そして「そう？」と首を傾げるのだ。彼と同じように。私はかぶりを振った。伽歩子さんのことは、思い出したくなかった。もしも彼女が蓮さんを好きでなかったら、そして一緒に働いていなかったら仲良くなりたいと思えるのかも知れないけど、自分の気持ちに気がついたいまはただ、危険な存在でしかなかった。彼女ですら蓮さんには受け入れられないのだと思うと、果てしなく続く階段を上っているような気持ちになった。

私は、どうして蓮さんになんか惹かれてしまったのだろう。歳が釣り合わないだけじゃなくて、彼が特別に持っているものなんて、何もないのに。小さな画廊で先輩の元の妻に使われている、結婚しそこなった地味な中年なのに。

目の前の真治はバレンタインに両手に余るくらいのチョコレートを貰い、テニス部のエースで副部長で、それも本当は皆に部長に推薦されていたのに、内申書のために立候補した問題を起こしてばかりの女子を応援して「やりたい人がやるのがいいんじゃん」と言ってますます株を上げ、成績だって上位の二割くらいにはいて、そして何より、何より私をすごく大事にしてくれているのに。

信じられないようなコースのボールを北嶋が拾い、返ってきた球を真治が決めた。二人は青春に一瞬の動きでボールが相手の足許をバウンドして、逃げていった。

ドラマのようなハイタッチをして、私と野中を振り返った。野中は控え目に手を振り、でも顔は自分が試合をしているみたいに充実していた。真治は、私を見ると得意そうに笑った。日に焼けた首が程よく長くて、女子が騒ぐのも無理からぬことだ、と私は思い、そんな冷静な自分が悲しかった。少し前までは、野中と同じように恋人に無条件で見とれていたのに。相手が恰好いいことと、自分の気持ちを分けて考えたことなんかなかったのに。

＊

九月の土日に文化祭があり、月曜が祝日で火曜と水曜が代休だった。だから文化祭には出ずに木曜と金曜だけ休めば、九日間が使える。私は部活動にも参加していないので、特に問題はない。もちろん受験ムードはあるけれども、両親が公認の用事で休む分には咎《とが》められることもなかった。そんな私の都合を最優先して、パリ行きは土曜発土曜帰りになった。そうすれば日曜はゆっくり休んで、月曜から学校に行ける。一日余裕を見るなんてＯＬみたいだけど、初めての海外で時差も心配だし、うるさくなくても試験の前にあまり休むのは気が引けた。

お姉ちゃんが残していったスーツケースに荷造りをすると、意外に荷物は少なくて、何もかも持っていかなくちゃと思っていた私は拍子抜けした。でも、足りないのが何なのかはわからなくて、蓮さんにメールをしても「たいがいのものは現地で手に入ります。使いつけている薬だけは忘れないように」なんて返事で、結局一番かさばっているのはお母さんが持たせたお茶漬けやらお煎餅《せんべい》やらの食料品だった。パリで動けるのは五日だけだから、どう考えても多い量だったけれど、お母さんは「絶対和食が食べたくなるから」と言い張るのだ。鰻屋もお寿司屋も、ラーメン屋だってあるのに、母親はどんな時でも家族の食事が心配でならないのだ。

　私もいつか結婚して子供が生まれたら、四六時中その子にお腹空いてない？　ごはんちゃんと食べた？　と聞くのだろうか。初めて海外に行く時には、それがたとえ八日くらいでも粉末の緑茶なんてものまで持たせようとするのだろうか。

　その時、私は誰とどこで、何をしているのだろう。途方もなく先のように感じられるけど、多分あと十年かそのくらいで、私も「娘」じゃなくて「母親」になるのだ。ついこの間まで一緒に雑誌を見て洋服のことなんかを盛んに話し合っていたお姉ちゃんが、あっと言う間に結婚して子供を産むのと同じように。

　私は花柄のシューズケースを掌で撫でた。これも、お姉ちゃんが置いていったものだ。もしもパリで蓮さんがお洒落なレストランに連れて行ってくれたら、やっぱりスニーカーでは恰好がつかない。期待しちゃいけないのかも知れないけど、持っているる中で一番踵《かかと》の細いパンプスと、一番大人っぽいスカートと、一番高いブラウスを入れた。前に小林さんが冗談で蓮がパリに行く時に付いてっちゃいなよ、どこでも連れてってもらうといいよ、と言っていたのを思い出した。

私が蓮さんのことを何とも思ってなかったら、きっと甘えて言える。

「お洒落するから、いいレストラン連れて行ってくださーい」

なんて。そしてちょっと迷惑そうな顔の彼に、

「蓮さん冷たーい。私が子供だからって嫌がってるう」

と、わざとらしく絡《から》んで腕を叩いたり出来るのだろう。そこまで馬鹿っぽい雰囲気でなくても、

「ちゃんとしたレストランに行ってみたいんです」

くらいのことは言えると思う。たとえば、小林さんや小林さんのお父さんにならでも、彼には駄目だ。携帯のアドレスですら、あんなにたいへんな思いで聞いたんだから。私から、彼に何かを求めるなんてこと、出来はしない。

私は、はっとした。でも、パリに一緒に連れて行って下さいって言ったんだ。私の方から頼んで。そして彼はあっさり承知してくれた。

どうしてあんなことが言えたんだろう。海外に行ったことも、男の子と旅行をしたこともないのに。蓮さんにだって、まだ数えるほどしか会っていないのに。

あの時明らかに「手段を選んでる場合じゃない」って声が、聞こえた。普段私は、

そんなふうに思っていない。例えばお金にものを言わせるようなやり方は嫌いだし、カンニングをしてまでいい成績を取りたいとも思わない。

あれは、誰の声だったんだろう。自分自身のものとは、とても思えないのだけれども。

確かに私は、彼とパリに行きたかった。もしかしてお母さんたちに嘘をつかなくちゃいけなくなるかも知れなくても、真治が悲しむことになるとしても、そして、蓮さん自身が迷惑に思ったとしても、そんなことはどうでもよかった。私はただ、彼と一緒にパリに行きたかった。それ以外のことなんて、本当にどうでも、どうなってもよかった。

なぜこんなことになってしまったんだろう。「ふたつの道があったら困難な方を選べ」って言うけど、それとは全然違った意味で、私は途方もない険《けわ》しい山に登ろうとしている。頂上に着いた時に下を見て後悔しても、もう戻れないことがわかっているのに。そしてもしかしたら、その山には実は誰もいなくて、一人ぼっちになってしまうかも知れないのに。

荷造りが終わったスーツケースに、真治がくれたイギリスのサッカーチームのステッカーを貼った。フランスに行くのに変じゃないかと思ったけど「スーツケースって見分けがつかなくなるんだってよ」と言って買ってきてくれたのだ。来年は、ワールドカップなんだ。私は興味ないけど、真治は時々、生で観たいよなあ、いまのセレソン史上最強だもんな、なんて話をしている。

彼からステッカーを受け取った時、私は耳の奥が痛くなるくらい済まないと思った。やっぱりパリに行くのはやめて、もう蓮さんとも二度と会わないでいようとも思った。いつか別れることになっても、それまでは真治だけを見ていたいという気持ちにぐらぐらと揺さぶられた。

でも、私は行く。人を傷つける残酷な刃物を隠し持って。自分の身勝手さに、呆れるよりも悲しかった。

9

初めて行く空港は、予想よりもずっと広かった。高い天井、そしてカウンターが不必要なくらい並び、人々はみな大荷物で、揃えたように浮き立っていた。扱いにくいスーツケースを引っ張って待ち合わせの場所に行くと、壁際に蓮さんが立っているのが見えた。グレーのニットにジャケットを着ていて、ネクタイをしていない彼を見るのは初めてだった。落ち着いた佇《たたず》まいに、やっぱりこの人は私なんかとは違うんだってことが改めてわかった。

「迷いませんでしたか」

「はい……」

蓮さんの表情は硬くて、いつも以上に抑揚のない声だった。やっぱり、迷惑だったんだ。私は、下を向いた。

「搭乗券を貰って、もう入った方がいいでしょう。免税店、少しは見たいですよね」

私は下を向いたままうなずいた。実際に飛行機に乗ってしまえば、外国に二人だけなのだ。何かあったって、簡単に帰ることなんて出来ない。その事実の大きさに、息が詰まりそうだった。歩き出す蓮さんに、私は急いで並んだ。彼のスーツケースは大きくて、使いこんであって、ステッカーなんかは貼っていなかった。でも、底に近い場所にマジックで象の王様の絵が、とても上手に描いてあった。王様は三角の旗を持っていて、そこに「K」とあった。

荷物を預け、緊張しながらセキュリティチェックとパスポートコントロールを済ませると、蓮さんが通路の先を指した。

「両側に免税店があります。あっちでも買えますからあまり買いすぎないように。チケットに書いてある時間になったら、搭乗口に来てください」

「あの、お兄さんは」

私はまだ面と向かって彼の名前は呼べなかった。

「僕は水買って……コーヒー飲んでます」

少し怠《だる》そうな口調に、私は初めて彼の顔色がいつもよりずっと青白いことに気がついた。

「どうしたんですか？」

「大丈夫ですよ」

「ってことは、よくないんですね」

私の言葉に、蓮さんは苦笑した。

「具合、悪いんですか」

「昨日仕事が終わらなくてね、どうしても片付けなくちゃならなかったんで、さっきまでかかってしまいました」

「寝てないんですか」

「徹夜は慣れてるんですが、ここのところちょっと風邪気味で。あとは飛行機に乗るだけですから、御心配なく」

この人はこんな時にまで「御心配なく」なんて言うんだ。さっきとは違った感覚で、鼓動が速くなった。私は、コーヒーカップの表示を探した。

「お水なら私が買ってきますから。休んでて下さい」

「店、見なくていいんですか」

「そんなの当たり前です」

有無を言わせない口調になってしまったのか、蓮さんは反論しなかった。小さな声で「すみません」と言い、本当に叱られた子供みたいにカフェテリアの椅子に座った。でもやっぱりしんどそうで、テーブルに肘をついて顎を支え、私が買ってきたカフェオレに砂糖を三本入れた。レジの横にペットボトルのミネラルウォーターが見えたので「あれでいいですよね」と聞くと、蓮さんは少し億劫《おっくう》そうにうなずいた。それを買おうとして、十二時間も乗るんだから一本じゃ足りないかなと思い、でも飛行機の中でも貰えるはずだからいま飲むのかとも考え、振り返ると心配そうにこっちを見ている彼と目が合った。私が指を一本立てて見せると、彼の指が二本立った。エコノミーの席だと飲物は貰えないのかも、と自分の分のアクエリアスも買って、彼の所に戻った。

蓮さんは「どうもすみません」と言って、水を鞄にしまった。大きなショルダーバッグで、ノートが何冊かとパソコンと、クリアファイルの束が入っているのが見えた。

「飲物って、貰えないんですか」

「そんなことはないですが、そう頻繁には廻って来ないですね」

「お腹空いたらどうしよう。何か買っておこうかな」

独りごとのつもりだったのに、蓮さんは私をしみじみと見た。

「本当に、飛行機に乗るの初めてなんですね」

「国内線も乗ったことないんです。親戚も、みんな都内だから」

「ずいぶん落ち着いて見えますが」

「完全にパニックになってます」

蓮さんはちょっと笑った。

「荷物は預かってますから、買物してきて下さい」

「本当に、いいですから」

「女の人は免税店を見ないではいられないんじゃないんですか」

私は、黙った。それって誰のことなんだろう。考えるまでもない。きっと、伽歩子さんだ。

それとも、彼には別に本命の彼女がいるんだろうか。伽歩子さんとは本当に仕事のパートナーで、私が実感出来ないような大人の友達付き合いをしているだけで、いわゆる普通の恋人って立場の女の人がいるんだろうか。その人は、空港に来ると彼に荷物を預けて免税店に突進していくのだろうか。そして山ほどの買物を手に戻ってくる彼女を、蓮さんは笑いながら迎えるのだろうか。

胸の中で、大きな空気の塊《かたまり》が膨《ふく》らんだ。私は立ち上がって彼の胸倉を掴み「彼女いるんですか」と問い詰めたい衝動にかられた。返事に困る彼の頭を、思いきりひっぱたいてみたかった。

でもそんなこと、出来はしない。あまりにも突飛な質問だし、何より彼は具合が悪いのだ。私みたいな子供が横でうるさくしたら、迷惑だ。

もしかして一人でいた方が楽なのかな、と思って、私は小さな声で聞いた。

「どっかに行ってた方がいいですか？」

「どうして？」

「邪魔かな、と思って」

「真菜さんは、本当に気を遣いますね」

蓮さんは、私を見て頬を少し緩めた。でもそれは、行儀のいいペットを見ているみたいな視線だった。私は、だいぶ温《ぬる》くなったコーヒーを飲んだ。溶けきっていない砂糖が沈んでいて、ざらついた甘さが舌に残った。

飛行機に乗りこみ、話に聞くよりはずっと広い、と思った座席はビジネスクラスで、そこを通り越してこんな狭いところに半日も座っていたら絶対に身体に悪い、というくらい小さな座席が私たちの場所だった。なるべく顔に出さないようにしたつもりだったけど、蓮さんは笑いを堪えながら荷物を上げてくれた。真ん中の四列の通路側に私が、その内側に彼が座った。私は、前の席の背凭《もた》れのあまりの近さに驚き、気を抜くと腕が隣にはみ出してしまいそうなので、肘を掌で包んだ。

「申し訳ないけどこれからちょっと寝ます。しばらく起きないと思うんで機内食は断って下さい。食事と映画の後は化粧室が混みます。水分はまめに摂《と》って、用事がなくても適当に立って下さい」

蓮さんはそれだけ言うと、何種類かの薬を服《の》み、ペットボトルに残った水を一気に飲んだ。のけぞらせた顎は決して大きくはないのに何だか戦車のように強靭《きょうじん》だった。そして彼の首は、私がいままで意識して見た中で一番太くて、灰色の血管に取り巻かれた喉仏が大きく上下するさまは禍々《まがまが》しいくらいだった。私は、唾を呑んで自分の首の付根を押さえた。やっぱりこの人もセックスするんだ、と思った。

蓮さんはジャケットの内ポケットからサングラスを出して掛けると、頭を背凭れに押しつけた。濃いグレーのサングラスの彼は国籍不明な感じで、中国か台湾の情報部員みたいだった。ニイハオと声をかけると、ネイティブ並の北京《ペキン》語が返ってきそうだった。

やがて飛行機がゆるゆると動き出し、意外と静かなんだ、と思ったら急にエンジンの音が大きくなり、本当に全力で飛ぼうとしています、といった助走が始まって、ふっと機体が浮いた。私は窓の方を見た。空が、斜めになっていた。見ず知らずの人々を乗せて、飛行機はこのままパリに飛ぶのだ。私がいつも見上げている、ちょっと鈍《にぶ》い水色の空を。もう見えなかったけど、私は地上に思いを馳《は》せた。真治やお母さんやお父さん、お姉ちゃんを思い浮かべて行ってくるね、と言おうとしたけど、なぜかうっすらと申し訳ない気持ちになり、でもごめんねと言うのも変だったので、じゃあね、ちゃんとお土産買ってくるから、と心の中で言った。飛んだばかりなのに、日本が遠い感じだった。

蓮さんは本当に眠ってしまったみたいで、機内食のワゴンが来ても全然反応しなかった。テーブルを出すと目を覚ましてしまうかも知れないと思って、少し迷ったけど彼の言葉通りに食事は断り、でもパンと小さな瓶入りの白ワインとパックのミネラルウォーターだけ貰っておいた。

私には初めての機内食だけど、彼は飽きるくらい食べているのだ。肉と魚が選べることだって、パンがあるのにお蕎麦《そば》がついていることだって、珍しくも何ともないに違いないのだ。私は、一人で初めての機内食を食べた。侘《わび》しいとかそういうのはなかった。サラダのレタスが、少し萎《しお》れていた。

食事が終わってしまうとすることがなくて、免税品が載っている雑誌を見たり、乗る時にもらった新聞を読んだりしながら、自分の買物の予定を立てていなかったことを思い出した。お母さんからシャネルでもしもあったらキーケースを買って来てと頼まれていて、そしてその支払いは何と蓮さんがカード払いで立て替えてくれることになっているのだが、実は私は誰にも内緒で貯金を十五万円下ろしてユーロに替えて持ってきているのだ。ヴィトンの本店で、バッグを買いたかったから。

私はずっと、パリのどこか有名なお店の本店で買物をしたいと思っていた。日本には絶対ない、貴族の館を改装したような古くてロマンチックな建物を、フランス人のドアマンに扉を開けてもらって中に入る。洗練されたディスプレイをゆっくり見て、迫力のある年増の店員に品物を取ってもらって、そして言い慣れたふうに「これいただきます」って微笑むのだ。出来ればその時、隣にはエスコートしてくれる姿のいい男がいて、やれやれって感じに年増の店員に肩を竦《すく》めて見せる。そんな空想を、何度もした。いつか叶《かな》うかも知れないし、叶わないかも知れない、と思いながら。

そしたら意外に早く実現のチャンスがやってきて、しかもヨーロッパにしょっちゅう行っている大人の男が一緒なのだ。男は背は高くないけど、身体は程よくいいしスーツだって着慣れているし、何よりフランス語が出来る。買物をしない手はない。

鞄の中から、文庫サイズのムック本を出した。ヴィトンのカタログ、のようなものだ。人前で読むのは恥ずかしいけど、カバーはかけてあるし、隣は通路で反対側の蓮さんは寝ている。私は退屈だからたまたま見ているのだ、というふうに本を広げて、なるべく細かくお店に行った時のことを想像した。店員にはにっこり笑ってボンジュールと言い、決して慌てず急がず、メルシーも忘れずに。

そんなことを考えていると、心配になってきた。いくらもの慣れた大人の男が一緒でも、私なんかが相手にしてもらえるのだろうか。東洋人は若く見られると聞くから、中学生か、考えたくないけど小学生だと思われてドアを開けてもらえなかったらどうしよう。

ここはあんたら若いもんの来るとこやおまへんで。

親戚の伯父《おじ》さんが酔うと必ず歌う歌が、頭に浮かんだ。それに、ヴィトンの本店に行きたいって勝手に思っているだけで、蓮さんが一緒に行ってくれるとは約束していないのだ。シャネルは、お母さんが直接彼に頼んでいたのだけれども。

「あなたがヴィトンの本店に？　まだ早いんじゃないんですか」と言われたらどうす

ればいいんだろう。一人で行けるものなんだろうか。私は心細くなって、本を閉じた。伽歩子さんなら、一人でどこにでも行けるんだろうな、と思ったら本当にちょっとだったけど涙が出た。年増の店員にも臆《おく》することなく、それどころか「まあマダム、お似合いだわ」なんて言われてあのセクシーな笑顔を見せるんだ。でもそれよりも、彼女は日本人が大好きなブランドものなんか買わないような気がした。地元の人しか知らない隠れた名店で、アンティークの一点ものを買ったりするのが似合いそうだった。

私は、いつになったら彼女に並べるのだろう。この先二十歳を過ぎて、一番いい時になっても、周囲の男が選ぶのは私ではなくて多分その頃には四十代半ばにもなっている伽歩子さんのように思えてならない。どんなにお洒落して本を読んで映画や舞台を観て内も外も磨いても、やっぱり彼女には追いつけない気がする。

私は、自分の気持ちが不思議だった。蓮さんと結婚するはずだった女の人のことは考えたこともなくて、伽歩子さんばかりが気になるのだ。普通だったら、結婚するはずだった相手の方を、どんな人だったのかと思うだろう。ましてや、彼は振られたのだ。蓮さんを捨てるなんてどんな女なんだろうと、いつもの私だったら考える。でも、気にしたことはなかった。どうしてかわからないけど、たいした女じゃないんだと思っているのだ。それはもしかしたら、その女の正体を伽歩子さんは見抜いていたかも知れない。

私は、伽歩子さんに一目置いているのだろうか。目障りな存在のはずなのに、多分ライバルなはずなのに、どこかで憧れているのだろうか。いつ蓮さんの正式な恋人の座に座ってしまいやしないかと、はらはらしているのに。

隣で人の動く気配がして、顔を上げると蓮さんがサングラスをはずして眩しそうに顔を顰《しか》めていた。何だか妙に男っぽい仕草で、私はそっと通路側に身体を寄せた。

「あの、パンとお水、取っておいたんですけど。大丈夫ですか」

「ありがとう。助かります」

蓮さんは首を廻した。ニットの襟許から、鎖骨と筋《すじ》ばった肩がのぞいた。手を伸ばして確かめたくなるような、ぶ厚い上半身だった。

蓮さんは野良犬みたいに大きな口を開けてパンを二口で食べ、水を飲むと白ワインに目を留めた。

「これは？」

「いるかな、と思って」

「いただきます」

「あ、でも」

さっき薬を服んでいたみたいだけど、そんな時はアルコールはいけないんじゃ、と言おうとした時には蓮さんはもう半分くらい飲んでしまった後だった。

「でも、何ですか？」

彼はいつものの、歳相応の笑顔を浮かべた。私が言いかけたことも、きちんと拾い上げてくれる。

「伽歩子さんは、彼女じゃないんですか」

抑え切れずに、とうとう尋ねてしまった。

「突然ですね。寝起きで頭が働いてないんですが、違います」

「本当に？」

「嘘をつかなくてはならないような質問ではないと思いますが」

だってセックスもしてるのに？　と思ったけど、言えなかった。

「仲、いいですよね」

私は何を言ってるんだろう。

「真菜さんは、彼氏の他に仲のいい男の子はいないんですか」

「お兄さんは、伽歩子さんの他にも女の友達、いるんですか」

「いますよ。まあ、あいつが一番親しいですけどね」

蓮さんは瓶に口をつけてワインを飲む。コップを探したりしないところが慣れていて、私はまだ本人に向かって「蓮さん」と呼べない。

「気になりますか？　伽歩子のこと」

ならないわけないでしょう！　あんなに完璧に見えて、しかもあなたに好意を持っていることを隠そうともしない人のこと、と膝に置いてあった雑誌で彼の頭を殴ってやりたかったが、さすがにそれは堪《こら》えた。

「彼女だったら、今回私が一緒に来て……嫌じゃないかと思って」

「別に構わないでしょう。もし彼女だとしても、気にするような女ではないですよ。部屋も別ですし」

「お兄さんは、伽歩子さんのこと、よく知ってますよね」

「長い付き合いですし、一時《いっとき》一緒に住んでましたから」

私は比喩ではなく、雑誌を握りしめた。あとちょっと何かあれば、間違いなく彼を殴っていただろう。

「……付き合ってたんですか？」

「あいつが離婚するって言い始めた頃にもう先輩とは一緒にいたくないってね、緊急避難という感じで。半年か、もう少しかかりましたか、正式に離婚するまでに」

それは、大人同士の付き合いとしてはごく普通のことなのだろうか。夫が嫌になったからと言って、独身の男の所に転がりこむなんてことも、うちにお姉ちゃんの友達が終電を逃して泊まりに来るようなものなのだろうか。両親も妹の私もいるうちにだって、男の友達が泊まりに来たことなんかない。ましてや、半年も住みついてしまうなんて。

「それって、よくあること、なんですか」

「あまりないかも知れませんね」

蓮さんは何でもなく言い、失礼、と私を跨《また》いでトイレに行った。私は、彼の座席に目をやった。皺の寄った薄い毛布の端をそっと握ると、急に心細くなった。パリに、着いてもいないのに。

＊

シャルル・ド・ゴール空港に着いて、私は生まれて初めて周りがほとんど外国人だっていう場所に立ち、彼等のつくりものみたいな薄い色の瞳や細くて高い鼻を、なるべく見ないようにはしたけどやっぱり目が行ってしまって、でも荷物はちゃんと持ってないといけないし、あちこち気を配ることがあるんだなって思いながら日本を歩いている時と全然変わらない蓮さんの後を一所懸命について行った。

ほとんど素通りの入国審査を済ませ、回転寿司のようにベルトコンベヤが廻っている場所からスーツケースを取り、蓮さんは私に言った。

「疲れてませんか。タクシーで行きましょう」

勝手に決めてしまうことだって出来るのに、蓮さんはいつも私にひとこと断る。多分、私だけじゃなくて誰にでもそうなんだろうけど。

蓮さんがフランス語でホテルの場所を説明すると、東洋人のドライバーはいろいろ話しかけてきた。私にはまったく聞き取れなかったけど、蓮さんは普通に会話をして、でも途中でちょっと強い調子で何か言い、ドライバーは大仰に「オー、エクスキュゼ・モア」と言って黙った。

「何て言ったんですか」

「すみませんって」

「それくらいわかります。その前です」

ちょっとむっとして言い返すと、蓮さんは声を出さずに笑った。

「疲れてるから、放っておいてくれって」

私は彼を覗きこんだ。まだ、具合が悪いんだ。そう言えば二度目の機内食にも全然手をつけてなかったし、途中で水を貰ってまた薬を服んでいた。よく見ると、日本にいた時より顔色が青白くて、ずっと寝ていたのに目の下に隈《くま》がある。

「お腹空きましたか。荷物を置いたらすぐ食事に出ますから」

「大丈夫なんですか？」

蓮さんは窓に向かってうなずいた。やっぱり、大丈夫じゃないんだ。でも私にそんなこと言えないから。それは心配かけるからとかじゃなくて、私が出来ることが何もないからだ。生まれて初めて海外に来た、フランス語も出来ない十七歳の私に。病院に連れて行くことも、薬局で薬を買うことも、日本に電話してどうすればいいか誰かに教えてもらうことも出来ない私に、具合が悪いなんて言えっこない。

私には、彼のために出来ることが何にもない。胸の内側で、荒い波が容赦なく心臓を打ち続けた。鳩尾《みぞおち》のあたりが、抉《えぐ》られているみたいに痛かった。

私は、思わず彼の額に手を伸ばした。手が触れる直前に控え目によけられたので、こめかみに近い場所に掌が当たった。意外にさらさらした感触の奥が、ひどく熱かった。小指側の下の皮膚が動き、彼が眉を寄せたのがわかった。私が何か言う前に、彼は私の手を額から外した。手首に触れた指は、目で見ているより太く感じられた。

「何が食べたいですか」

「お兄さん、熱ありますよね」

「今日はあまり重くないものがいいですかね」

「熱があるのに顔色が悪いって、良くないんじゃないんですか」

「あとモノプリに寄って、水は買っておいた方がいいと思います」

私は彼を睨んだ。彼は浅い溜息をついて、少しうなだれた。

「すみません、心配させてしまって。でも飛行機の中で寝られたから、だいぶよくなりました」

そうだ、前の日に寝てないって言ってたんだ。でも、画廊の仕事で徹夜なんてあるんだろうか。第一、この旅だってもともとは仕事なんだから、伽歩子さんなら何か配慮してくれそうなのに。

蓮さんは、私に情報をくれない。それが私を不安にさせるのだ。真治もその前に付き合った男の子も、それから石川でさえ自分のことを喋りたがるのに。徹夜なんかしようものなら、こと細かに理由や疲れ具合なんかを言うだろうに、蓮さんは人の食事の心配なんかしている。

それは、彼が大人だからだろうか。それとも、私が何も出来ない小娘だからだろうか。

「今晩寝れば、大丈夫ですから」

黙りこんだ私に、蓮さんが言った。役立たずのおまえに何を言ってもしょうがないしな、と聞こえた。

ホテルに着き、三十分後に迎えに来ますからと言われて、私はとりあえず机に鞄を置いた。お腹はあんまり空いていなかったけど、身体の中心がしゃんとしていなくて、考えてみれば日本はもう夜中で、普段なら寝ている時間なんだ、と気がついた。窓の外はまだ明るくて、本当に外国に来たんだな、と思った。お母さんやお父さんや、お姉ちゃんや真治を思い出すと、もうずっと会えないような気持ちになった。ここは日本とは、時間も言葉も習慣も、食べるものも違う国なんだ。外に出てもコンビニも牛丼屋もない。

これがホームシックなのかな、と私は思った。もっと劇的な感情を想像していたけど、意外に静かで、でも胸に沁みる感覚だった。着いたばかりなのに、と自分が馬鹿みたいに思えて、普段牛丼なんて滅多に食べないのに、と考えるとあることに思い当たった。

お母さんが、絶対食べたくなるって言ってお粥《かゆ》とかいろいろ持たせてくれたんだ。使わないだろうから蓮さんの知り合いにでもあげようと思っていたけど、今晩はそれを食べればいい。外に出なくて済むし、お粥だったら具合が悪くても何とか入るだろう。私はスーツケースを開けて、お母さんが入れてくれた袋を出してみた。お粥と山菜ご飯と鮭茶漬けが二つずつと卵スープがあった。粉末の緑茶も持って、すぐ隣の蓮さんの部屋のチャイムを押した。はい？　と日本語で返事があって、真菜ですと告げると一瞬間を置いてドアが開いた。蓮さんは私を見ると、首を少し傾げた。私は、何か言いたそうな彼の顔の前に、お粥が入った袋を突きつけた。

「今日は、これ食べませんか」

蓮さんは袋を開けようとして、気がついたように「どうぞ」と言ってくれた。私の部屋と同じ間取りのベッドの脇に、スーツケースが大きな口を開いていた。私は机の横に立って、そっとスーツケースを盗み見た。着替えや何冊かのファイルや多分洗面道具が入ったビニールのポーチが、きちんと納められていた。

「用意がいいですね」

蓮さんが力の入らない目を向けた。無表情な感じに、私は迷惑だったのかなと思ってドアの方に一歩下がった。

「お母さんが……持って行けって」

「本当に、いいんですか」

私が大きくうなずくと、彼は一瞬目を伏せて、

「ご好意に甘えます。ありがとう」

と頭を下げた。私はさっきのホームシックとは違う、静かな波が満ちてくるような淋しさに囚われた。こんなに具合が悪そうなのに、そんなふうに喋るなんて、何かよっぽどの理由でもあるんだろうか。もしも彼が真菜ちゃんサンキューさあ食べようと言えば、もっと距離が縮まるのに。

でもいまは嘆いている場合じゃない。たとえお湯を入れて待つだけで出来上がるものでも、それが私に出来ることなんだからやらないと。そう思ってすぐに気がついた。

「お湯、ってどうしたらいいんですか」

外国のホテルは、湯沸かしとかポットがないのが普通なんだ。お母さんもそんなことまでは教えてくれなかった。でも蓮さんは慌てる素振りもなく、スーツケースから

小さな布の袋を出した。白い棒、としか言いようのないものを机に立てる。

「これで、お湯沸かせますから。いま水買ってきます」

彼が部屋を出ようとしたので、急いで止めた。

「私が行ってきます」

「大丈夫ですよ」

「それじゃ意味ないじゃないですか」

自分でも気がつかないうちに、彼の両肘を正面から押さえていた。肘の骨がすごく大きく感じられて、私は手を離した。小さな声で謝ると、彼は首を振って私の手に財布を持たせてくれた。彼の掌が指に触れて、それはほんの一瞬のことだったのだけれども、何だかすごく、興奮した。男の人の手に触るのなんか、珍しくも何ともないことなのに。

「ロビーの横のカフェにあると思います」

私は口籠った。

「あの。何て言えば、いいんですか」

「英語通じますよ」

私が不安そうな顔をしていたのか、蓮さんは微笑んで「オーミネラル、ノンガズーズ、スィルブプレ」とゆっくり言ってくれた。心なしか殺《そ》げて見える頰が動く様子には、とても私には太刀《たち》打ち出来ない余裕、のようなものが浮かんでいた。

　生まれて初めてフランス語を喋る東洋人の子供なんて馬鹿にされないかと心配だったけれども、カフェの店員はちゃんと聞いてくれ、でも通じてはいないみたいだったので集中しながら繰り返すと「ボルヴィック、ＯＫ？」と日本でも見たことのあるペットボトルを渡してくれた。そして私が「サンキュー、じゃなくてええと、メルシー？」と言うと、笑いながら何か答えてくれたけどそれはわからなかった。

　部屋に戻ると蓮さんは床に胡座《あぐら》を組んでベッドに寄り掛かっていた。私はその体勢を見てびっくりしたけど「面倒かけて申し訳ありませんでした」と言う調子がタクシーの中よりは普段に近かったので、少し安心して夕食の用意をした。机の上にはプラスチックのマグカップとスープボウルみたいなのとスプーンがふたつずつ用意されていた。どれも新しくて、少し前に流行ったキャラクターのイラストがついていた。お粥が五分でできて、声をかけると蓮さんはテーブルの横に椅子をふたつ並べ、スーツケースからハンカチを二枚出してテーブルに広げた。ランチョンマットのつもりなんだ、と気がついて、彼との距離がまた離れたように感じられた。ハンカチは新しくてバーバリーで、でもチェックじゃないポップな柄だった。自分で買ったのかな、と咄嗟《とっさ》に思い、そんな些細なことに反応している私自身が憐れになった。

「先に食べてて下さい。山菜ご飯の方はもうちょっとかかるから」

「これ、一緒に食べましょう」

蓮さんがお粥の入ったスープボウルを私の方に押した。そんなことを言われるなんて予想してなかったので、私は返事が出来なかった。

「お粥は、嫌いですか？」

私は急いで首を振った。蓮さんはちょっと考え、食べにくいか、と呟いて空いているボウルにお粥を半分くらい移した。

「どうもありがとう。いただきます」

彼は真剣な表情になってお粥をひとくち啜《すす》った。パジャマを着ていない大人の男がお粥を食べているのを見るなんて、初めてかも知れない。私はずっと前にＤＶＤで観た香港映画を思い出した。刑事が屋台でお粥を食べている途中に犯人を見かけて、食器を放り投げて追うのだ。この人もサングラスをかければ中国か台湾の情報部員みたいだから、道端でお粥や中華饅頭《まんじゅう》を食べていたらいいかも知れない。そしたら私は屋台の売り子で、彼が来るたびにこっそり何かおまけしてあげる。周りのみんなはそれに気がついているのだけれど、彼だけは全然鈍感でちょっと首を傾げるばかりなのだ。

「本当にすみません。初日からこんなことで」

急に現実に引き戻されて、私は何度も瞬きをした。

「こっちにいる間に、必ず埋め合わせしますから」

「そんな。気にしないで、ください」

殊勝な振りをしたけど、私は心の中で得心《とくしん》した。そうか。これはチャンスなんだ。だってお兄さん埋め合わせしてくれるって言ったじゃなーい、と甘えれば、たいていの要求は通るのだ。

でも私が望んでいることって、何なのだろう。

いきなり抱きしめられて、初めて会った時から好きでしたと言ってもらうことなのだろうか。ドレスアップしてミシュランの星付きレストランに連れて行かれ、花束を差し出されて伽歩子なんかよりあなたの方がずっと魅力的ですと言ってもらうことなんだろうか。それとも、どうか今夜は僕の部屋に来てくださいと跪《ひざまず》いて乞われることなんだろうか。

何を考えても、違うような気がした。

そんな大それたことじゃなくて、ただ、この先もずっと、私を拒絶しないで欲しい。私がお姉ちゃんの妹だからって、高校生だからって、数から外さないで欲しかった。もう少ししたら、伽歩子さんには敵わないけどあなたと釣り合うような女になるから、それまで、私を判断するのは待って欲しい。

絶対に有利な立場なのに、望んでいるのはこんなに他愛のないことなんだ。私は自分が寒くて震えている捨てられた子猫のように感じられて、思わず溜息をついた。目の奥が、細かく震えた。

蓮さんが、スプーンを置いて私を見た。溜息なんか、ついたからだ。私は急いでちょっとだけ笑ってみせた。話題を変えなくちゃ、と思った。

「お兄さんが初めてパリに来たのって、いつなんですか」

「一昨年でしたか。画廊に入ってからですよ」

「その時からフランス語、喋れたんですか」

「少しだけね。いまから思えば、あの程度でよく一人で来たものでした」

それから蓮さんは、どうやってコネクションを作っていったかとか画商や画家と交渉していったかとか、仕事のことを話してくれた。それは大人がよくする苦労話や自慢なんかじゃなくて、本当にただの世間話でかえってこの人はすごく大変な思いをしたんだろうなっていうのが伝わってきた。私が感心していると、

「前の仕事が営業だったんで、知らない所に飛びこんでいくのは苦にならないですね」

と口角をきゅっと上げて笑った。贋作《がんさく》バイヤーの手先にされた不法滞在の未成年者と間違えられなかった？　と思ったけど、それは言わなかった。

彼はお粥と山菜ご飯を半分くらい食べて、ポケットから出したハンカチで口許を拭《ぬぐ》った。ハンカチは賑やかな色合いなのに安っぽくも下品でもなくて、でも彼にはあまり似合っていなかった。誰に貰ったんだろう。私はまた考えて、ハンカチくらい誰

にだって貰う、と思い直した。確かにそうだけど、こんな洒落たものをくれる人はきっと限られてる。蓮さんと一緒にいると、嬉しいはずなのに、細かいことまでいちいち気になって頭がパンクしそうだった。

「よかったらコーヒー飲みますか」

蓮さんはパックのドリップコーヒーを出して、淹れてくれた。ちゃんとミルクと砂糖もあった。そして彼は少し恥ずかしそうに、箱入りのチョコチップクッキーを添えた。

「お兄さんは、食べるものなんか持って来てないと思ってました」

「とりあえずこのくらいは。夜中に腹が減ると眠れないですから。今日はもういいんで、全部どうぞ」

廊下から、聞き慣れない外国語の会話が聞こえてきた。英語でないことしか、わからなかった。私と蓮さんは絵本の中の人物のようにひっそりとコーヒーを飲み、私は翌朝の時間の確認だけして部屋に引き上げた。帰り際に彼はドアの前で、

「今日は本当にすみませんでした」

と静かな声で言った。あまりに申し訳なさそうだったので、私は思わず彼を抱きしめて「気にしないでって言ってるでしょう」と頭を撫でてしまいたい衝動にかられた。元気のないいまなら、怒ることも嫌がることもなくなすがままになってくれそうだった。

衝動的に、彼の耳のあたりに手を伸ばした。もう少し動くだけで、頭か頰に触れられる。用心しながら息を吸うと、重くスパイシーな香りが微かにした。頭の芯が、痺《しび》れた。

私は腕を降ろした。彼の肩口についているごみを払う振りをして。廊下に出て、大きく息を吐いた。なぜだか息が切れて、壁に凭れて呼吸を整えた。大丈夫。私には切り札が与えられた。懸命に自分に言い聞かせて、部屋に戻った。ベッドに倒れこむと、日本からパリまでつながっているような太い疲労感がのしかかってきて、私はそのまま眠ってしまった。

＊

翌朝会った時には、彼はもうすっきりした顔をしていた。あまりにも普通に朝食を摂る姿を見て、私は昨日具合が悪そうにしていたのは演技か何かだったのかと思った。

「本当に、もういいんですか？　熱、下がりました？」

レストランのテーブルを挟んで、蓮さんは私に少し得意そうにうなずいた。

「今日は一人で行かなくちゃいけないんだなって、思ってたんですけど」

昨日変な時間に寝てしまったせいか、それともこれが時差ボケなのかわからないけど、私は朝五時前に目が覚めてしまった。そして今日行くはずの場所をガイドブックで調べて、メトロの駅だけは考えたのだ。多分彼は行けないだろうと思って。

蓮さんは私を見つめた。いままでの彼とは結びつかない、シリアスな表情だった。

「そんなことさせるわけ、ないでしょう」

少し掠れた声に、私は自分が何かいけないことを言ってしまったのかと思った。でも彼はすぐに、視線を私からテーブルに移して普段の声で言った。

「でも助かりました。正直、昨日は出かける気力もなかったですから」

そんな状態だったのに、今日出歩いて平気なんだろうか。明日は午後から仕事なんだし、ホテルにいた方がいいんじゃないいんだろうか。私はテーブルに肘を突いて彼を凝視した。

「一晩寝れば、たいがいは何とかなりますよ。社会人ですから」

蓮さんはカフェオレに、砂糖を二杯入れている。言ってることとやってることがアンバランスだ、と思ったけど、底力のようなものを感じた。仕事にはすごく厳しい人なのかも知れない。

「画廊のお仕事って、徹夜になったりするんですか」

蓮さんは不思議そうに私を見た。

「話してませんでしたか？　下訳《したやく》のバイトをしてるんですよ」

初めて聞く話と言葉だ。彼は翻訳の下書きみたいなものですかね、と簡単に説明してくれた。

「いつもやってるわけじゃないんですが、ずっと頼まれてるから断れなくて。画廊も決して楽な経営ではありませんから、小遣い稼ぎも兼ねてってことで」

「フランス語、なんですか」

「他はさっぱりでね」

「あの、どうしてフランス語を選んだんですか」

「画廊に移る時に、伽歩子に頼まれたんですよ。あいつはイタリア語が出来るから、担当してくれって。ドイツにはあまり行くことはないですし、確かにそうすれば効率はいいですから」

何で？　私は心の中で刺々《とげとげ》しい声を出した。あんなに何でも持っている人が、イタリア語まで出来る必要なんてないはずだ。私には、蓮さんと並ぶのに必要なものが何も持たされていないのに。

そうじゃないのは、わかっている。伽歩子さんは、努力してイタリア語を手に収めたのだ。

「真菜さんは、語学に興味があるみたいですね」

「英語くらいは喋れないと、恥ずかしいって思ってるんですけど」

「どうして？」

「外国人に道を訊かれた時とか」

「そんなこと年に一回もないでしょう。日本語で教えても、通じるものですよ」

「だって、恰好悪いじゃないですか」

「そうかな」

「お兄さんは……いっぱい喋れるから」

言ってからあまりいい感じじゃなかったと後悔したけど、蓮さんは小さく笑った。

「面白いこと考えますね。じゃあね、喋れるようになるコツを言いましょうか」

「ぜひ」

「これがわからないんならおまえが日本語を喋れ、と思いながら話すことです」

呆気に取られた私に、蓮さんは昨日みたいに口角をきゅっと上げて笑った。

＊

メトロの駅を降りて静かな通りを少し歩くと、視界が急に開けて、本当に突然、エッフェル塔がくっきりと全身を現した。私は足を止め、思わず「わあ……」と呟いた。ハリウッドの映画スターに、近所の商店街でばったり会ったような気持ちだった。映画や写真でしか見たことのない人が実際に目の前にいて、しかもイメージとまったく同じ姿だった、というような。私は低い塀に寄り掛かってぼんやりと塔を見上げた。

パリに来たんだ、と実感した。

「写真撮りますか？」

蓮さんの声に、私は反射的に首を振り、ちょっとためらってから、カメラを出した。こんなところで写真なんて恥ずかしかったけど、せっかく言ってくれたのだからと思い直し、でもやっぱりずいぶんくすぐったい気持ちだった。

蓮さんは全然平気でシャッターを押し、「どうですかね」と私に身体を寄せてカメラの液晶を覗きこんできた。肩口から肘まで密着して、私は息が詰まりそうな思いでお礼を言った。私たちの周りでは、さまざまな人種のカップルが、友人同士が、親子やきょうだいが、同じように写真を撮っていた。旅行の間に蓮さんと二人で写真を撮ることがあるんだろうか、と思った。

通りをぶらぶら歩いて、大きくはないけど洗練されたショッピングモールを見て、高級な感じのスーパーに入ると、

「何か買ってみますか？」

と提案された。私は舞い上がってしまって、籠《かご》を持ったのはいいけれども店の中を魚のようにただぐるぐる廻り、ようやくチョコレートと地元ブランドの安いマニキュアに決めた時にはもう疲れ果てていた。レジの前に立つと、後ろにすっと蓮さんが現れて、「大丈夫、自信持って」と囁いてくれた。すごく嬉しい状況なのに、私は前を

向いたままうなずくことしか出来なくて、でも昨日お水を一人で買えたじゃない、と思い出したら少し楽になったので店員の男の人にボンジュール、と言ってみた。男の人は無表情にボンジュールと答え、思わず「通じてる……」と呟くと後ろから蓮さんが吐く息で笑っているのが伝わってきた。品物を貰ってレジを離れると、蓮さんは「上手ですよ」と褒めてくれた。

「すっごい緊張、しました」

「そんなふうには見えませんでしたが」

「頭痛くなりそう」

蓮さんは、ふと眉を寄せた。

「でも、今日一人で観光してくれるつもりだったんですよね」

彼の顔は、困っているようにも、悲しそうにも見えた。自分が怪我をしているのに、相手の指に刺さっている小さな棘を心配しているような表情だった。私は、余計なことを言ったのかなと思った。蓮さんは目を伏せて一瞬眉間の皺を深くした。そして少し不自然な笑顔で、

「ひとやすみしましょう」

と私を促した。記憶より辛《から》い香りが、喉仏のあたりから漂ってきた。

カフェでまた、蓮さんは私に「注文してみる?」と言ってきた。日本にいる時より、

親しげな口調だった。そのことは私を喜ばせたけど、彼の前で下手くそなフランス語を喋るのは恥ずかしかったし、通じなかったら恥の上塗りってやつだ。私は用心深い犬のように首を振った。

「無理、です」

「そんなことない。さっきだって出来たじゃないですか」

「通じなかったら恥ずかしいし」

蓮さんは首を傾げた。

「通じるまで言えばいいんだし、どうしても駄目だったら僕が言いますよ?」

私は、彼を見た。初めて目にした公式を、やさしい言葉で説明されたみたいだった。

「お兄さんは、私が喋って通じなくても、恥ずかしくないんですか」

「全然」

「どうして?」

蓮さんは表情を緩めた。

「難しいことを聞きますね」

「普通、恥ずかしいですよね」

「仕事と関係ないんだったら、フランス語なんか出来なくて当たり前だと思いますが」

彼の言い方は、そんな言語をおれはぺらぺらなんだすごいだろう、という感じではなかった。まだ二年なんだから三年で習うことはわからない、というニュアンスに近かった。未来を広げてもらったようで、私はずっと肩に載っていた重い箱が落ちたように感じた。

私たちは毎日、周りの大人にあれが出来ないこれも出来ないと急《せ》き立てられている。足りないところを指摘されてばかりで、出来ないのはまだやったことがないからかも知れないのに、時限爆弾でも抱えているかのように急がされているのだ。

でも、蓮さんは違う。彼の基本の姿勢は「やれば何でも出来る」なんだと思う。大人だけにじゃなくて、高校生の私に対しても。

それは、彼が自力で何でも手に入れてきたからなんだろうか。披露宴の当日に花嫁に逃げられても、一人で立ち直ったからなんだろうか。それとも、離婚して画廊をぶん取って、イタリア語までマスターした、あの女の人を見ているからなのだろうか。

「……やってみます」

「おまえが日本語を喋れ、と思うのを忘れないように」

蓮さんはわずかに首を傾げたまま、目を細めて笑った。堂々とした、笑顔だった。

午後は、モンマルトルだった。私はサクレ・クール寺院にはあまり興味がなかったのだけれど、行ってみると前に観た映画でとても好きだったシーンが寺院前の階段で撮られたことがわかり、あれってパリが舞台だったんだ、と思い出して、胸の内側からせり上がってくるような感動を覚えた。映画で観たシーンと同じ場所に立っていて、しかもそれは東京や京都なんかじゃない。人で溢れ返っている階段の途中で足を止め、眼下に広がる町並みに溜息をついた。階段の隅を選んで腰を降ろすと、蓮さんが黙って横に並んだ。真治だったら、どうしたとか疲れたのかとか聞いてくるだろう。もちろん私は、彼のそんなところも好きだ。違うんだよここはね、と説明して、岡崎ほんとよく観てるよなあ、今度またなんか行こうななんて会話をするのも楽しい。

それなのに、何も言わずに横に座ってくれる蓮さんに、抗《あらが》い難い何かを感じてしまうのだ。包容力とか落ち着きとか、そんな簡単な言葉では表わせないような、夕暮れの空にリラ色の縞《しま》模様を見つけた時に似た甘い苦しさを抱いてしまう。私には手の届かない人なんだって、十分わかっているのに。

＊

階段の下からストリートミュージシャンの弾くヴァイオリンの音色が聞こえてくる。周りでは、世界中から集まった人たちが写真を撮ったりジュースを飲んだり抱き合っていたりしている。ざわざわした空気はかえって私を孤独にさせ、私はそっと蓮さんに身体を近づけた。蓮さんは、触れた肩をわずかに後ろに引いた。あまりにも自然な動作だったので、受け入れられたのか拒絶されたのか判断出来なくて、仕方なく彼から離れた。何か言った方がいいのかな、と思ったけど、言葉が見つからなかった。

幼稚園くらいの巻毛の男の子がやって来て、蓮さんにカメラを差し出しながらぼんじゅーむっしゅーと舌足らずな口調で言い、何か続けた。少し離れたところで、両親らしき若いカップルが微笑んでいる。蓮さんは私にちょっと待ってて、と言って男の子と両親のところに歩いた。彼が子供の背中に手を廻したのを見て、私は急に取り残されたような気持ちになった。私には、そんな態度を取ったことがない。気安く触ってきちゃいけないと思っているんだろうけど、いつになったら、私と彼の距離は縮まるんだろう。男の子は両親の間に割って入り、三人は遭難者のようにぴったりと寄り添った。蓮さんはシャッターを押し、駆けて来た男の子をしゃがんで受け止めると笑いながら頭を撫でてカメラを返した。男の子はカメラを見せながら熱心に何か説明を始め、蓮さんは笑顔のままそれを聞いている。あのくらいの子供がいてもおかしくないんだ、と思ったら、ますます彼が遠い存在になった。私があの男の子くらいの頃に、蓮さんはもう働き始めて、お酒を飲んだりデートしたり、いろんな経験をしていたのだ。

どうしようもないことだけど、どうして彼と私はこんなに歳が離れているのだろう。どっちかが二十四歳くらいなら、もう少し何とかなったかも知れないのに。

私は自嘲気味に溜息をついた。何とかなったかも、なんて馬鹿みたいだ。まだ何も始まってていないのに。

＊

翌日は、いよいよルーブル美術館だった。早く行かないと混みますから、と言われて開館前に着いたのに、入口にはもう二十人くらい並んでいて、でも蓮さんが「今日は空いてますね」と安心したので、私は驚いて、そうだ世界一有名な美術館なんだった、と思い直した。世界に通用する一流であるってことが、どういうことなのか実感した。

「これからどんどん混んでくると思いますから、まず有名なところだけ先に廻りますね。それから、いちおう鞄に鍵を掛けて下さい」

蓮さんが最初に私を連れて行ったのは「ミロのヴィーナス」だった。開いてから十分くらいしか経っていないのに、もう人が集まっていた。これが私が初めて見る、ルーブル美術館だ。私はヴィーナスを見上げた。言葉は出てこなかった。聖人に偶然出くわした、信心深い無知な老人のような気持ちになって、私は自然に胸に手を当てた。

写真を撮ろうとか、そんなことは考えなかった。敬虔《けいけん》、というのがどんなものか、少しわかったようだった。

「後でゆっくり来ますから、他のものはその時に」

何だか気忙《きぜわ》しい、と思ったけれども彼に続くと、階段の踊り場に大きな眩しい夕闇があった。私は何度も瞬きをした。暗いのに眩しいなんて、どういうことだろう。夕闇の周りは細かい金色の粒子で取り巻かれていて、最初は何が展示されているのかわからなかった。焦点を合わせようと眉間に力を入れた瞬間、金色の粒子がぎゅっと集まって、頭のない、大きな翼を持つ天使の姿になった。

「サモトラケのニケ」だ。サモトラケ島で発見された、勝利の女神。

女神が率いる何百もの兵士たちと、彼等の雄叫《おたけ》びが耳を塞《ふさ》いだ。痩せた土地。粗末な食器に盛られた豆や芋、浜辺で繕《つくろ》い物をする女たち。色の褪せた映像が、次々に目の前に現れた。

「すごい……」

唇の隙間から小さな声が漏れて、それを待っていたように蓮さんが遠慮がちに私を促した。廊下を歩きながら、彼は済まなそうに言った。

「集中してるのに急かしてしまって、申し訳ない。本当に混むものですから」

「私、いまのは全然チェックしてなくて。有名だっていうのは、知ってたんですけど」

魂を抜かれたみたいになっていたのを、見られてたんだ。恥ずかしかった。癖だから仕方ないんだけど、彼には見られたくなかった。芸術に感動する自分に酔っているみたいで。

この前の「ルーブル美術館展」と同じような人だかりがあった。いろんな色の頭がガラスの前でひしめき合い、高く伸ばされた何本もの腕が不安定にカメラを支えている。私は後ろから背伸びした。ガラスの向こうでモスグリーンに見える渋い光が浮き出て見えた。「モナリザ」だった。

私は、この絵に興味がなかった。おそらく世界で一番有名なんだろうけど、隣の家の居間に飾ってあっても注意を払わないだろうと思っていた。はあそうですか、程度の感想しか持っていなかった。

でも本物のモナリザは、私の印象とまったく違っていた。確かに好きな絵ではなかったけど、どこにあるか誰にもわからない人の心を正確に摑んで揺さぶるような、タッチは柔らかいのに立ち向かえない力があった。何百年も残ってきたものは、違うんだ。私は溜息をついた。ここにある絵に比べたら、人の一生なんてちっぽけなものなんだな、と月並みなことを考えた。

「これで混むものは終わりです。後はゆっくり見て下さい」

蓮さんは腕時計に目を走らせた。私は一日ここにいる予定だけど、彼は午後から仕事だ。早めにお昼ごはんを食べて、それからは私一人になる。こんなに広い、言葉も通じない美術館を一人で廻って、メトロに乗って、ホテルに帰るのだ。不安がちらっと頭を掠めたけど、でもルーブルに来たんだ。全力で頑張ろう。私は、私にふさわしくない言葉で自分を励ました。明らかに高揚していた。

こんなに有名な絵なのにこんなに空いている、と感心しながらドノン翼《よく》を歩いて、少し休憩ということで中庭に出た。階段の途中に腰を降ろしてミネラルウォーターを飲むと、あまり強くない日射しが気持ちよく頬を照らした。蓮さんは腰に両手を当て、座ったまま背中を反らせた。黒の薄いニットの下で脇腹が伸びるのがはっきりわかり、私は思わず地面を見つめた。私が動揺しているのにはまったく構わず、蓮さんは小さな子供のような息を漏らした。頭に血が上っていくのが、自覚出来た。挑発されてるんだろうか、と思ったくらい興奮した。

「気持ちいいですね」

何てタイミングで何てことを。私は彼の頭を摑んで唇を思いきり吸いそうになるのをやっと我慢した。けだものじゃないんだから、落ち着いて。自分に懸命に言い聞かせた。

「このくらいの気候が、ちょうどいい」

蓮さんは身体を捩《ねじ》って私と目を合わせ、機嫌良く笑った。

「パリは寒いイメージしかないんですよ。初めて来たのが一月で、もう本当に死ぬんじゃないかって思いました」

「いつも、冬なんですか」

「安いですからね。普段は学生の貧乏旅行と変わりないですよ」

蓮さんにはそぐわない台詞に思えた。この人は、お金のことを気にして暮らしているように見えないのだ。お金持ちなイメージもないけど、困っているような感じもしない。遣っても減らない財布か、積み立てても増えない口座か、その両方を持っているような感じだ。

「前に、小林さんがお兄さんはいいレストランをいっぱい知ってるって」

連れてってもらえ、と言われたことは黙っていた。

「知ってるだけで、行ったことはほとんどないですよ」

蓮さんは笑顔で私に訊いてきた。

「どこか行ってみたい店がありますか」

子供みたいな仕草で大人びた表情を見せられると、私は何も言えなくなってしまう。さっきの脇腹から腰にかけてのがっしりしたラインが蘇り、私は固まったまま首だけ振った。

私が世界で一番好きな美術品が「アモルの接吻《せつぷん》で蘇《よみがえ》るプシュケ」だ。中学生の時に美術の教科書で見て、こんなものが私の知らないところに存在しているのかと思ったら悄然《しようぜん》となった。どんな言葉を使っても、その彫刻を表現することは出来ないように思えた。優美で、端整で、繊細で、性的で、すべてを備えているのに、すべてから解放されていた。大きくないその写真を見ていると、自分の未熟さを突きつけられているようで、感動とは違う種類の涙が湧いた。あまりの美しさに、敗北感さえ覚えた。大人になったらルーブル美術館に行って、彫刻の前で胸を張ってみせる。あなたたちのおかげで、私はこんなにいい女になったのだと。悲壮な決意をした十二歳の春を、私はいまでもはっきり憶えている。

彫刻が素晴らしいだけなんじゃ、なかった。二人の物語はただ美しくはなく、それがかえって私の身体の奥に沁みた。

あまりにも美しく、美の女神ヴィーナスの嫉妬と怒りを買ってしまうプシュケ。母親のヴィーナスの思惑から外れて、プシュケに恋をする愛の神アモル。開けてはならない小瓶の蓋を開けてしまうプシュケ。それぞれに欲望のままに愚かで、それだからこそ、愛おしさが増すのだった。

それまで可愛いイメージしかなかったキューピッドが、ラテン語ではアモルなんて官能的な名前で、こんなに際どい青年だったりするのも、幼い私に危機感を与えた。

この二人を目にして、私は愛の概念を変えたんだと、思う。

アモルとプシュケは、部屋の隅にごく普通に、いた。ガラスケースにも入っておらず、誰でも手が伸ばせる位置に堂々とその姿を晒《さら》していた。思い描いていたより小さかった。が、圧倒的な存在感だった。嗅いだことのないような優雅な花の香りに包まれた。私は、そっと息を吸いこんだ。プシュケの腰を覆う布がずれて、二人がゆっくり身体を近づけた。私の心臓が、何かに備えるように大きく搏《う》ち始めた。アモルの腕がプシュケを抱き寄せ、二人は接吻《せつぷん》した。激しくて、静かな抱擁だった。口の中に、画廊で出されたチョコレートの濃厚な味が広がった。

涙が頰を伝い、顎の骨に届いたところで私は自分が泣いていることに気づいた。周りに人はいなかったけど、後ろに蓮さんが立っているのがわかった。慌てて、でもなるべく目立たないように涙を拭った。美術館に来て泣いているなんて、恥ずかしかった。いかにも、自分が感受性の豊かな人間なんだってアピールしているみたいで。

「写真、撮りましょうか」

蓮さんが囁くように言った。もちろん、撮って欲しい。アモルとプシュケと一緒に。でもまだ目の縁に涙が残っている。私は観念して、彼に顔を向けた。

「……すみません。泣くつもりは、なかったんですけど」

「どうして謝るんです？」

「だって。泣いてる人なんか、いませんよね」

「今日はたまたまいないだけじゃないですか」

蓮さんはあっさりと言い、私からカメラを受け取った。こんな所で写真を撮ろうとしている私は、世界中で写真好きが揶揄《やゆ》されている日本人と一目でわかって、おまけに泣いたりなんかしているのだ。そしてカメラを構えている蓮さんはメガネを掛けたエコノミックアニマル、なんかじゃ全然なくて、これから仕事に行く途中なのだ。自分が彼の立場だったらやってられないと思うのだけれども、蓮さんは日常の動作といった感じでシャッターを切った。ばつが悪そうにしている私に気づくと、彼は静かな声で言った。

「僕も初めてここに来た時、涙が出ましたよ」

私は思わず上体を引いた。彼の言葉が大きな鉤《かぎ》になって、首を挟まれたようだった。鼻先で、蓮さんのコロンの香りがうっすらとした。いま彼と唇を合わせたら、魂が音を立てて地獄に墜《お》ちてしまうような甘い味がすると思った。何てことを考えてるんだろう。一番好きな、アモルとプシュケの前で。それともこれが、彼等の魔力なんだろうか。私はここで、胸を張ってみせるつもりだったのに。

年配のカップルが手をつないでやって来て、私は正気を取り戻した。彼がどの作品を観て泣いたのか知りたかったけど、聞けなかった。

その後美術館の中にあるレストランでお昼を食べて、蓮さんは仕事に出かけた。出口まで見送る私に彼は何度も何かあったらすぐ携帯に連絡して、と言い、ようやく行きかけたと思ったら足早に戻って、

「真菜さんも、携帯はすぐに出せるところに入れておいて下さい。通じないと心配になりますから」

と付け加えた。彼には珍しい早口が、嬉しかった。たとえそれが義理の親戚の高校生に対する保護者のような気持ちからだとしても、彼が私を気にかけてくれることが、小さな宝石を掌に置かれたような貴重な気持ちになった。私は鞄の中に入れておいた携帯を、外側のポケットに移した。

途中で何度か休みながらひと通り見学すると、もう夕方だった。最後にもう一度アモルとプシュケに会って、売店で結構な量の買物をして、私はふと桃子とルーブル美術館展に行ったことを思い出した。

あの時桃子が蓮さんにお土産を買っていきなよと提案しなければ、ここに来ることもなかったのだ。あれがきっかけで、彼との関係が始まったのだ。関係と言っても、お互いの気持ちは全然違うものなんだろうけど。言葉では説明出来ないけど、私は彼が、好きになってしまったのだ。あんなに私を大事にしてくれる、真治がいるのに。そして蓮さんと親しくなれるきっかけを作ってくれた桃子との約束を反古《ほご》にして、彼

とパリに来てしまったのだ。

周りの人を次々に傷つけながら、私は前に進むのを止めることが出来ない。心の底から悪いことをしてるって思っているのに、改める気なんかさらさらないのだ。

もしも真治を、桃子を失っても、私は後悔しないのだろうか。周りのみんなから愛想を尽かされても、それでも蓮さんを好きでいられるのだろうか。彼本人が私を受け入れてくれなくても、自分の気持ちを諦めずにいられるのだろうか。いつか彼が誰かと結婚するまで、この気持ちには変わりはないのだろうか。

私は打ちひしがれて首を振る。誰に誹《そし》られても、彼が結婚してしまっても、私は彼が、好きなんだ。自分では、どうしようもなく。いろんな事情を考慮して諦められるくらいなら、とっくにそうしてる。アモルとプシュケの前で涙が流れてしまったように、もう自分ではコントロール出来なかった。

いつか、と思い、私は愕然とした。いつか、どうすると言うのだろう。自分に出来ることなんか、何もないのに。子供が大きくなったら変身してヒーローになるんだと言っているようなものだ。私は自分の愚かさと執拗《しつよう》さに、呆れた。

*

翌日蓮さんは朝から仕事で、私は一人で彼から勧められたジャックマール・アンドレ美術館を見学してブランドもののお店が並ぶモンテーニュ大通りを廻り、夕方にどこかのカフェで落ち合う約束になっていた。ルーブルの帰りにスーパーで水やちょっとしたお菓子なんかを買って無事にホテルに帰ったのに、蓮さんはまた何度も何かあったらすぐ携帯に、と繰り返した。黒のハイネックとジャケットを着た彼が心配そうな顔をしていると、私は自分が行方知れずの両親を捜すために密入国したアジア人の子供で、彼はたまたま知り合ったばっかりにその手助けをする破目になってしまった大学の講師か何かに思えた。この人のいい日系フランス人の講師はカラテが得意で、危機に陥《おちい》った私を救ってくれるのだ。でも敵にはカンフーの名手がいて、彼は辛くもそいつを倒すのだけれど、額かどこかに傷を作ってしまい、私はごめんなさいムッシューと絆創膏《ばんそうこう》を貼ってあげる。

「真菜さん？　聞いてますか」

目の前に、蓮さんの真面目な顔があった。額に傷なんかない。

「すみません……聞いて、ませんでした」

怒られる、と思ったけど、蓮さんは笑った。

「真菜さんもぼんやりすることがあるんですね」

「私、よくぼんやりしてるって、言われますけど」

私はふと思いついて、尋ねた。

「お兄さんは私のこと、どんなふうに思ってるんですか」

口に出してから慌てたけど遅かった。これじゃ探りを入れてるみたいだ。でも蓮さんはまた真面目な表情に戻って答えた。

「しっかりしてて、大人だと。いつも落ち着いてるし、行儀がいい」

堅苦しい印象ばっかりなんだ、お姉ちゃんみたいに愛らしいとかキュートだとか、そういうのはないのかな、とがっかりしていたら、蓮さんは満足そうに続けた。

「どこにでも連れて行けますね」

自分の目が大きく見開かれるのが、わかった。態度に出しちゃいけない、と思っても、身体が固まってしまう。どうしようどうしたら、と必死で考えていると、蓮さんはじゃあ行って来ます、と私の肩を叩いた。私は、出来損《そこ》ないの人形のように首だけ動かした。嬉しいと感じる余裕なんか、まったくなかった。

特に期待をしていなかったけれど、ジャックマール・アンドレ美術館は、建物も調度品も所蔵品も、私が思い描いていたヨーロッパをそのまま現実にしたようだった。豪華で、品があって、底知れぬ美しさを持っていた。私はそちこちで立ち止まり、展示品を観ながら空想に耽《ふけ》った。小さな美術館だったのに、出た時にはもうお昼をとっくに過ぎていた。

スーパーでサンドイッチとミルクを買い、教会の前のベンチに座って食べた。こんなことをしてスリか物盗りか、恐喝にでも遭ったらどうしよう、と思ったけど、地元の人らしい女たちやおじいさんが新聞を読みながらコーヒーを飲んでいたので、いざとなったら助けてもらえるだろうし、お金もそんなに持っていないから、と開き直ったのだ。カフェで食べ物まで注文するのは無理かなっていうのも、もちろんあった。

九月なのに長袖のTシャツでちょうどいいくらいで、空気も冬のように乾燥していた。靴の下で、石畳が冷《ひ》んやりしている。建物も沈んだ色合いで、やっぱり日本と全然違うんだ、と私は感心した。

ここでも、人々は恋をして、思い通りにいかずに気を揉《も》んだり悲しんだり邪推《じゃすい》したりするんだろうか。目に留まるカップルは皆幸せそうで、悩みなんかまるでないように見えるけど。ずっと年上の人を好きになって、自分の無力さが身に沁みたりしてるのだろうか。

私は自分一人が愚か者のように思えて、大きな声で「もう、どうしよう」と口走ってしまった。隣のベンチに座っていた中年の女の人が振り向いたので、急いで「何でもないです」と言い、日本語だから通じないけど何て言っていいのかわからず、メルシーとぎこちなく笑ってみた。女の人は私が道に迷ってでもいると思ったのか、隣に来てフランス語で何か言った。どこに行くのか？　と聞かれたような気がした。私は鞄から地図を出して、モンテーニュ大通りと言うのは恥ずかしかったので、アルマ広場を指した。女の人は微笑んで、目の前の道と地図を交互に指して説明してくれた。親切だけど全部フランス語で、しかも私が出来ないってわかってるのに堂々と喋る。そして一所懸命に聞いていると、ニュアンスだけは理解出来るような気がするのだ。おばさんはどこの国でもおせっかいと言うか面倒見がいいと言うか、似てるんだ、と思った。彼女は地図を凝視してバトー・ムッシュの乗船場を見つけ、これに乗るといい、みたいなことを言った。私はお礼を言って、ベンチを立った。

パリだって、私が東京で生活しているように、日常を暮らしている人がいっぱいいて、テーマパークみたいに人工的に作られた街じゃないんだ。何だか目が覚めたようで、私は通りを歩き出した。一人で、カフェでも教会でも行けると思った。でもやっぱり、ブランドもののお店は敷居が高すぎたけれども。

夕方、仕事が終わった蓮さんから電話があって、オペラ・ガルニエ近くのカフェで待ち合わせをした。一人でカフェに入るのは初めてで、こないだはちゃんと注文出来たけどそれは彼が隣にいてくれたからだろうと思うと、昼間の勇気もどこかにいってしまった。念のために手帳に「un café crème, s'il vous plaît」と書いて持って行くと、歩道に出されたテーブルに、彼はもう来ていた。ナイロンの鞄を足許に置いて、現地の新聞を読んでいる。パンツの裾から出ている足首がすごく細くて、でもそれに続く足はあなたの身体を支えるのにそんな土台が必要なの？　と言いたくなるくらい大きかった。その対比は危うくて、性的だった。彼の祖先も小さな動物を捕らえて齧《かじ》る獣だったんだ、と思うと、自分がハツカネズミになって彼に追い詰められたような気分になった。私は小声でお兄さん、と呼んだ。蓮さんはたいそう驚いて派手な音を立てて新聞を閉じ、少し決まりが悪そうにどうぞ、と向かいを手で示した。

「ごめんなさい。遅くなって」

「わかりにくかったですか」

ギャルソンが注文を取りに来て、私は手帳を見せながら、いちおう口でも言ってみた。どっちが通じたのかわからないけど、ギャルソンはうなずいて戻って行き、蓮さんがテーブル越しに首を伸ばしてきた。

「お兄さんが来てなかったら、うまく注文出来ないかなって。書いてきたんです」

蓮さんは頬を緩め、ふと訝《いぶか》しげな表情になった。

「自信ないんですか？　今日いちにち、一人で歩いたのに」

「お昼はサンドイッチ買ってベンチで食べたし……カフェに一人で入ったことないから」

「真菜さんのフランス語は、上手だと思いますよ」

ごく普通の言い方だった。それがかえって、私の胸を締めつけた。

「お兄さんは、どうしてそんなに優しいんですか？　私みたいな」

小娘に、と言おうとしたけど、言葉がうまく出てこなかった。そう言ってしまうと、戦力外通告を自分でしたことになってしまうから、かも知れなかった。途中で止めてしまって、聞き返されると思ったけど、お兄さんは顔を曇らせた。

「真菜さんも、僕のことを優しいと感じますか」

「『も』っていうのに引っ掛かったけど、うなずいた。

「よくね、伽歩子に言われるんですよ。そこがあんたの悪いところだって」

また伽歩子さんの登場だ。その場にはいないくせに絶妙のタイミングで現れ、私が考えもつかないような難しいことを言う。男の人が優しくていけないなんて、私には理解出来ない。私や周りの女の子たちが恋人に不満を漏らす時、たいていは相手がもっと優しければその不満は解消出来るのだ。私がよく言われるのだって、

「いいよね中沢は優しくて」

という言葉だ。

「自覚はあるんですが、どうしていいかまでは……」

私が黙っていると、蓮さんはテーブルの脚に向かって独りごとのように呟いた。

「気に障ったら、教えてください」

「どんなふうに、ですか」

蓮さんは腕組みをして考えこんだ。

「真菜さんは、彼が優しくて苛つくことがありますか」

そんな展開になるとは思わなかったので、私は動揺した。蓮さんは、真治のことを憶えてたんだ。当たり前だけど、話題にされるとひどく居心地が悪かった。

「……ないです」

「彼は優しくない？」

「優しいです、けど」

「そんな感じだったよね。やっぱりおれの問題なんだな」

いままでと全然違う喋り方に、私は固まった。私と蓮さんとの間は私の方が積極的で攻撃的で、彼は人畜無害と言ったら変だけど、私がどんなことをしても前にお母さんと三人でお茶を飲んだ時みたいなお坊さんのような態度をずっと崩さないのだと、いままで思っていた。でもそれは何の根拠もない私の思いこみで、この人は私の知っている大人たちと同じ男で、いざとなれば何だって出来るんだ、ってことが頭に太い槍を刺されたように理解出来た。私を罵ることも、子供扱いして傷つけることも無視することも、もっとひどいことだって出来るんだ。お腹の奥が冷んやりとして、その冷気が上がってきたような唾が湧いた。

それでもいい。

どんな扱いをされても、いまみたいにものわかりのいい義理の兄を演じていられるよりは。もしかして演じているのじゃなくて彼の本心かも知れないけど、絶対に踏みこめない距離を取られているよりは、その方がよかった。いつまでも丁寧な言葉で喋られると、私には可能性なんかないんだって拒否されているようだった。

「お母さんに頼まれた買物なんですが、デパートでもいいですか」

でも蓮さんはいままでの口調に戻った。

「もしよかったら、これからギャラリー・ラファイエットに寄りたいんですが。お腹はまだ大丈夫ですか」

私が彼の恋人でも、やっぱりこんなふうに婉曲《えんきょく》に提案するのだろうか。私は永遠に、フランクには喋ってもらえない相手なんだろうか。

「靴、買うんですか」

蓮さんは一瞬間を置いて、笑った。

「真菜さんは、僕の靴にずいぶん興味があるようですね」

「お父さんたちが履いてるのと、全然違うから」

私と蓮さんは、同時に彼の足許に目をやった。今日の彼は、プレーンな革靴だった。でも、紐を通す穴が六角形だし、革が新鮮な果実の皮をいま剝《は》いで作ったみたいに光っている。

「母親と伽歩子に化粧品を頼まれてましてね。空港で売ってないんですよ。真菜さんがお腹空いてるんだったら、明日の仕事の合間にでも行くんですが」

「大丈夫です。化粧品だったら、私も見たいし」

「助かります」

蓮さんは私を見て、また笑った。気立てのいい盲導犬が、主人と遊びに行く計画を立てているみたいな顔だった。

「パリに来るたびに行かされてるんですが、やっぱりああいう所は男一人だと浮きますよね」

特に僕みたいな日本人の普通のおじさんはね、と蓮さんは続けた。その言葉の方がよっぽど彼に似合ってなくて浮いてる、と思ったけどそうは言えなかった。蓮さんに教わって会計をし、私たちはオペラ・ガルニエの裏手にあるデパートに向かった。その通りは平日なのに新宿か渋谷くらいに人通りが多くて、私がいままで歩いたパリとは違っていた。屋台に一目見て安物とわかる、でも土産物でないスカーフや鞄が山積みになって売られ、なぜか大きなガラスを立てて洗剤つきのスポンジを実演販売している人もいた。通りは広いのに、雑多な印象だった。

店に入ると蓮さんはまっすぐに化粧品売場の一角を目指し、鞄からパンフレットを出して中年の女の店員に説明を始めた。名前だけは知ってるけど、雑誌でしか見たことのない高い店だ。お母さんも含めて、周りで使っている人なんかいない。お得なコフレとか、そういうのだって手が出ないような値段のものを使っているのは、蓮さんのお母さんなんだろうか。それとも、伽歩子さんなんだろうか。私は、並べてあるクリームの蓋《ふた》を取ってそっと匂いを嗅いだ。よくあるマダムっぽいこってりした匂いじゃなかった。涼しげなハーブと、あと高級なのに押しつけがましくない花束の匂いだった。

もしもこれを使っているのが伽歩子さんなら、私はまた彼女との距離を思い知らされてしまう。多分私が使っている化粧品の十倍くらいの値段のこの化粧水や乳液を惜しみなく毎日使う経済力と、その結果である透明な肌と、高級品を手にして得られる自信に満ちた態度を見上げて、私は世間的には最強とされている若さだけを握りしめ、でもそれが何も役に立たないことを知って立ち尽くすのだ。

カウンターから、蓮さんに呼ばれた。私は慌ててクリームを元の場所に戻した。

「これ、買った方がいいと思いますか？　新製品で、まだ日本では売ってないらしいんですが」

カウンターに、小さいアンプルが十個くらい入った箱があった。中年の店員が、私ににっこりと笑いかけた。

「夜使うと、すごくいいと言ってます。えーと皺と？」

蓮さんは店員に何か尋ね、私に向き直った。

「弛《たる》みに効く、と」

「どなたが、使われるんですか」

不自然じゃない質問なんだから、と思っても、私は少し小さい声になった。

「母親です」

「じゃあ、多分喜ばれるんじゃゃ、ないでしょうか」

伽歩子さんじゃないことがわかって、肩の力が抜けた。お母さんだったら、この店のものを使っていてもふさわしい感じだ。私は車の中で見た、ハイヒールを思い出して納得した。そして何げなく値段を見て、思わず「たっかーい！」と口に出してしまい、急いで手で口を押さえたけど遅くて、しかも店員が首を傾げたので蓮さんが通訳をして、嫌な顔をされると思ったけど彼女は笑顔で何か言った。

「……すみません。つい」

「あなたが高いと感じるのはまっとうな感覚だと。でも十年経ったらぜひ買いに来てください、私はきっとここにいるでしょうと言ってます」

私は、初めて美術館に行った時と同じ気持ちで彼女に見とれた。これが、一流の品物を扱っている店員の態度なんだ。本物を目の当たりにして、ひれ伏すというより、ぽかんとした。返事しなくちゃ、とやっと気がついてウイ、と言った。約束よ、みたいなことを言い、彼女は名刺をくれた。

蓮さんが伽歩子さんに買物を頼まれたのは、お姉ちゃんがパックを買ったこともあるそんなには高くないブランドで、私はほっとした。でも、フランスのブランドのわりには日本であまりメジャーじゃなくて、やっぱり彼女は目のつけどころが普通の女とは違うんだ、と思わされた。どっちにしても、私には到底敵わない人なのだ。たとえ、彼女が真剣に思いを寄せている男の人と二人っきりでパリに来たとしても。

化粧品を買い終えて、私と蓮さんはデパートの中に入っているシャネルで、お母さんに頼まれたキーケースを買った。店の入口に制服を着た警備員がいて、日本でもそういうことはよくあるけど相手が白人なのでなるべく目を合わせないように、と萎縮してしまった。けれど、蓮さんはマンションの管理人にでもするようにボンジュール、と言い、警備員も頭を下げて挨拶を返してきた。よく話に聞くブランドのお店にいる意地悪な店員、とはかけ離れていた。でもカウンターにキーケースや財布なんかが並べてあって、私があっこれですと言った時、蓮さんは、

「ちょっと待って」

と離れた場所にいた店員を呼んだ。その店員が来るよりも私が手を伸ばして取った方が早いのに。本当に、目の前にあるものも触っちゃいけないんだ。買うって決めてるのに。ガイドブックで得た知識が立体になって目の前に現れ、私は彼に隠れるようにして店員から距離を取った。

生まれて初めての、パリでの本格的な買物はあっという間に終わった。想像していたような場面は、何もなかった。隣にいるのが、フランス語が堪能な紳士だということ以外は。そのお洒落な紳士はカードを出して支払い、サインが漢字なのが私を驚かせた。横に並んで覗きこんでいると、蓮さんは書類に目を落としたまま、

「何か珍しいですか」

と言った。いつもより低い声に、私は彼を不愉快にさせたのかと焦《あせ》って少し離れた。

「サインが、漢字だから」

「ご両親は違うんですか」

「お兄さんは、しょっ中外国で使うから、ローマ字なのかなって」

蓮さんは書類を店員に渡した。まっすぐに伸ばした中指にペンの痕《あと》がついて、それは何だか知的な印象だった。

「漢字の方が、偽造されにくいですから」

書類のサインは、「蓮」という字が少しだけ大きかった。彼の子供じみた顔には似合わない、綺麗な崩し字だった。

「お腹が空いてるのに付き合わせたから、何かプレゼントします」

まだサインについての話題が続いているみたいな言い方だったので、私は上の空で返事をしようとして、急に頭の中に氷の棒を突っこまれたように固まった。

あなたが私に？　聞き違い、じゃなくて？

喜んでも、遠慮しても、私の本当の気持ちとは違うような気がした。そしてもしも願望が起こした幻聴で、何かリクエストした途端に嫌な顔をされたら、と思うとても返事なんか出来なかった。

「腹減りましたか。もう我慢出来ない？」

蓮さんは無邪気な顔を向けてきた。私は、かろうじて首だけ振った。

「何がいいですかね。女の人の喜びそうなものは、わからなくて」

どうしていちいち私をかき乱すようなことばかり言うんだろう。私の気持ちを知っていて、わざとやってるんだとしたら、伽歩子さんを相手にするよりずっと、ずっと、勝ち目がない。

私は途方に暮れて、立ち尽くした。でも何か言わなきゃ。彼が私を認めてくれるような、センスがよくて、だけど高くなくて、女子高生が欲しがらないような大人っぽいものを。

駄目だった。考えようとしても、突っこまれた氷の棒に凍《こご》えて頭が動かなかった。そっと唇を噛んで天井を仰ぐと、吹き抜けのずっと先で金色の光が細かく揺らいだ。

「オーデコロンにしましょうか」

蓮さんが私の腕に軽く掌を当てた。

「フランスでは、よく男が女性に贈るそうですから」

全身の血が頭に集まって、爆発しそうだった。私は、試されてるんだろうか。今晩彼の部屋を襲い、あなたに貰ったコロンなのよと言いながら下着姿になって膝の上に座るべきなのだろうか。彼の太い首に腕を巻きつけて、陳腐で下品な台詞を言わなくてはならないのだろうか。

並んで歩きながら、私はすっかり疲れていた。オーデコロンを買ってくれると言われただけで、妄想が暴走している自分に頭を抱えたい思いだった。実際には、ほんの少し身体が触れただけでも硬直してしまうのに。

化粧品売場から少し離れた場所で、石鹸《せっけん》やルームフレグランスやアロマオイルがひっそりと売られていた。テーブルふたつ分くらいのスペースの前で、蓮さんは足を止めた。

「ここのものがわりと好きなんですが、どうでしょうか」

返事しなくちゃ。気の利《き》いたことを言って、年齢ほどに子供じゃないんだってことをアピールする絶好の機会なんだから。それくらいのこと、出来るはずだ。私だって、少しは恋もしてきたし、男と女の駆け引きにだって無縁だったわけじゃない。知識も経験も、豊富とは言えないけど多少はあるのだから。

でも駄目だった。考えようとすればするほど、映画で観た台詞を思い出すことさえも出来なかった。若い店員が、親しげな微笑みを浮かべて脇に寄った。

「……お兄さんが、選んで下さい」

いいんだろうか。こんなこと言って。もしかして、求婚と同じくらいの重さを持つ言葉だったんじゃないだろうか。でなければ、私を好きにしてとかこの身体はあなたのものなのとか、そんな意味を持つ言葉だったのではないだろうか。私は走って空港まで逃げ、飛行機に飛び乗って日本に帰ってしまいたいくらい恥ずかしくなったが、蓮さんは二回うなずいた。気のせいなのか、いままでで一番気安い仕草だった。

蓮さんは化学の実験をしてるみたいな手つきで、ムエットを取って鼻先に近づけた。匂いを嗅ぐ時に彼の瞼《まぶた》は薄く閉じられて、私の好きな、男のうたた寝を連想させた。さっきの恥ずかしさはきれいさっぱり忘れて、私は彼の、髯《ひげ》の薄い頬をゆっくりと舐めてみたいと欲した。薬品か洗剤のような、人を寄せつけない味がするだろうと思った。

何枚かのムエットを試した後、蓮さんは一枚を私に差し出した。

「これが真菜さんに似合うと思うんですが。気に入らなかったら、また考えます」

私は貴重品を扱うようにムエットを受け取った。これが、彼が抱いている私なのだ。緊張して、頭の芯がぐらぐらした。あまりにも子供っぽい香りでも落胆しないように、気持ちを整えて慎重に息を吸った。周りのざわめきが、消えていった。

その香りは子供じみてもいなかったし、かと言って無理に背伸びをしているようでもなかった。あまり甘くない花の香りに、ほんの少しセクシーで重い香りが溶けていた。私がいつも使っているものよりも、高級で華やかな感じだった。彼が私をこんなふうにイメージしていると思うと、嬉しくて、恥ずかしくて、でもほっとした。世間が持っている女子高生の印象とは、違う香りだった。ありがとうございますとっても気に入りました、と言おうとしたけど、胸が詰まって言葉が出てこなかった。私は、うなだれた。自分の眉根が寄るのがわかったけど、どうすることも出来なかった。

「違うのにしますか？」

蓮さんが、ちょっと首を傾げた。彼が気分を害したら、それは紛れもなく私の責任だ。どうすることも出来ないなんて言ってる場合じゃない。私は、頭を上げた。到底敵わない武将に素手で挑《いど》む、貧しい農民のような気持ちだった。

「すごく……」

気に入りましたごめんなさいそれなのにこんな態度で、と一息で続けようとすると、蓮さんは世界中の人々に愛されている俳優のような寛大な笑みを浮かべた。

「よかった。怒られたらどうしようかと思いました」

私は、絶望にがんじがらめにされて彼の笑顔を見た。伽歩子さんの言ったことが、皮膚の内側の肉に染みるようにして理解出来た。この人は、こうやって女を傷つけていくのだ。

彼の態度は相手を一時は喜ばせるけれども、女はすぐにその優しさにこそどうしようもなく自分を追い詰めてしまう。そして女が自分の気持ちに傷つけられればつけられるほど、彼はいっそう慈しみに満ちた言葉を投げてくるのだ。

彼の後ろに、血を流して斃《たお》れている女たちの群れが見えた。彼女たちの瞳は涙で濡れ、かさついた手は彼に向かって懸命に伸ばされていた。

私も、遠くないいつかあの群れに加わるのだろうか。私ではない別の女に向けられた慈悲深い笑顔の後ろで、贈られたコロンを纏って息絶えていくのだろうか。それでもいい、とは思えなかった。だからと言って彼を諦めることも、もちろん無理だった。私は、店員とやり取りをする彼を茫然《ぼうぜん》と見ていた。流されていけるものなら、どこまでも漂っていきたかった。

＊

翌日も彼は朝から仕事で、私は一人でオルセー美術館とノートルダム寺院に行き、ホテルにわりと近いオペラ・ガルニエの周辺を一人で廻った。元々美術館には一人で行くことが多かったし、メトロにも慣れてきたので、最初の頃のような張り詰めた感覚はなくなっていった。目にするフランス語の表示にも読めるものが出てきて、ほんの数日でも人は環境に順応するものなんだ、と思った。来る前に聞いていた、意地悪なフランス人というのにも出くわさなかった。この国の人たちは他人に干渉しないとも聞いていたけれど、母親くらいの年代の女の人やおじいさんは、私が困っているとわりと積極的に手助けをしようとしてくれた。彼等はたいてい英語がほとんど喋れなくて、私が理解出来ないとわかっているだろうに知り合いにするようなスピードでフランス語を話し、それでも当てつけなんて感じではなくて、最終的には注文通りのものが手許にきたり、目的の場所に行けたりするのだった。パリで道に迷ったり買物に困ったりしたらものすごい嫌がらせをされる、と予想していた私は、自分の猜疑《さいぎ》心が恥ずかしくなった。

私だって、日本で外国人が地図を手に固まっていたら、故意に違う方向なんて教えない。普通の精神状態なら、人は人を無闇に攻撃しようなんて考えないのが当たり前なんだ。外国を訪れて価値観が変わる、というのを、私は身を以《もっ》て理解した。それはもしかしたら言われているのとは違う内容だったかも知れないけど、考えもしなかったことでパリに来て良かった、と思った。

ノートルダム寺院を見た後に、オペラ・ガルニエまで便利のいい地下鉄の駅に行くために、散歩がてらセーヌ川にかかる橋を渡った。橋の両側にベンチが並んでいて、そう言えばパリってあちこちにベンチが置いてある、と思いながら、疲れてはいなかったけど、座った。川の上に広がる少し暗い色の空を見上げると、本当にこの空が東京まで続いているんだろうか、だとしたら、私が見ることの出来るもので一番大きいのが空なんだ、なんて考えが浮かんだ。

　空は、どこまでも同じだ。アメリカの大金持ちが見上げるのも、どこか南の国の淋しい王様が見上げるのも、家のない空腹な子供が見上げるのも、私がいま目にしている、日本で見るよりちょっと思慮深そうな感じの、この空なのだ。

　だから神様って、雲の上にいるイメージがあるのかも知れない。

　そして空の下に立つさまざまな人々も、身体の中には赤い血が流れ、骨は白く、皆同じ位置に内臓を納めてそれを動かしながら生きている。私は自分の身体から遠いところで、脱力に近い感覚で納得した。学校やメディアで教わるよりずっと自然に、人ってみんな同じなんだ、と腑《ふ》に落ちた。ヒューマニズムに目覚めたとか、そういうのじゃなかった。赤ん坊を見てわあ可愛い、こんなにちっちゃい手にちゃんと爪がひとつずつついてる、と発見した時のような気持ちだった。

　真治は、どうしてるだろう。私は腕時計を確かめて、日本はいま夜の九時過ぎだからテレビ観てるか、もしかして宿題してるか、と考えたら急に居ても立ってもいられなくなって、携帯で電話をかけた。メールなんかじゃなくて、いますぐに彼の声を耳で捉えたかった。

「……岡崎？」

飛行機で半日かかる場所にいるとはとても思えないくらい鮮明な、でもものすごく不審そうな声だった。私は力強くうなずき、電話だったことを思い出してそうだよ、と言おうとしたけど声が出なかった。真治と付き合い出してから、三日だって声を聞かない日はなかったのだ。私は、経験したことのない感覚に全身を縛りつけられた。甘酸っぱい果実の搾り汁に浸されたような、苦痛なのか快楽なのかわからない痺れにも似た不思議な感覚だった。身体で味わうのでないエクスタシー、なのかも知れなかった。

「あのね」

「どうした？　何かあったか？」

真治の声は緊迫していて、それが私をいっそう幸せな気持ちにさせた。

「岡崎、いまどこにいる？」

「ノートルダム寺院の近くの、橋の上」

「一人か？」

「うん」

「言ってみ。おれ何にも出来ないけど、考えるから」

「何でもないよ、ほんとに。空を見てたら、真治の声が聞きたくなって。何してた？」

「ホームシックか？　日本人だからって、意地悪された？」

「元気でやってるよ。ほんとだってば」

　私が今日の行動を話すと、真治はいちいち相槌を打ち、しばらく黙った。

「真治？　聞こえてる？」

「外国にいても、一人で平気なんだな。岡崎は」

「平気じゃないから、電話してるのに」

　私は笑ったけど、真治はまた黙った。

「おれの方こそ……」

「どうしたの？」

「いや。岡崎がホームシックなわけないよな。おれは、ＤＶＤ観てた。北嶋から借りたPRIDE。お兄さんと、うまくやってるか」

　両肩に、力が入った。蓮さんが真治のことを話すよりも、緊張を強《し》いられた。

「朝と夜一緒に食べるだけだから。あんまり話もしないし。仲いいとか悪いとか、それ以前」

　自分でもびっくりするくらい、澱みなく言えた。でも、下顎が妙に緊張していて、面と向かっていたら、真治にはわからなくても、お姉ちゃんか桃子だったら見破られていただろう。

「あんまり仲良くすんなよ」

明らかに冗談とわかる口調だった。誰が考えたって、私と蓮さんじゃ何もかもが違い過ぎる。

真治のお父さんが、頭に浮かんだ。彼の地元で三代続く、八百屋さんだ。真治と全然似ていない小さな身体に紺の前掛けで、お客の主婦たちにはずいぶん人気があるけど、とても恋愛の対象にはならない。あの皺だらけの愛想のいいおじさんと、蓮さんは七歳しか違わないんだ。私はまた、途方もない長い道を歩き始めた旅人のような気分になり、弱々しい返事をした。

「風邪引くな。あと迷子になるなよ」

「ありがと」

「待ってるから。俺のことは心配するな。楽しんできな」

もう一度ありがと、と言おうとすると、尖ったノイズが回線を切断した。私は、電話を握りしめて空を仰いだ。真治を好きな自分と蓮さんに惹かれる自分が、激しくお互いを罵り合っていた。こんなに静かな川の流れを前に、私は自分自身がどうしようもなく恥ずかしく、情けなかった。だったら決着をつけなさいよと、二人の私が血走った目で睨みつけてきた。

「そんなことが出来るくらいなら」

私は投げ遣りに呟き、シトラスミントのキャンディをがりがりと噛《か》んだ。攻撃的な薄荷《はっか》の味は、真治でもあり、蓮さんでもあった。

もう、あと一日を残すだけだった。最後の日は蓮さんも仕事を入れずに、私にずっと付き合ってくれることになっている。帰国の前の晩は荷造りもあるだろうからと、彼はちゃんとしたディナーをその前の日にセッティングしてくれた。私から言い出したのではないが、パリに来てから五日目の夜はレストランに行きましょうと提案されたのだ。でもそれは私が期待していたようなドラマチックなシーンではなくて、単なる連絡事項のように伝えられたから、私は当日の夜まで実感出来なかった。着ないかも知れないと思いながらスーツケースに入れたブラウスとスカートを着てパンプスを履き、ちょっとメイクを直してやっと、考える余裕が出た。が、それはどちらかと言うと期待よりは心配で、メニューを説明してもらっても理解出来るのかとか、お金を払うタイミングはどうすればいいのかとか、現実的なことばかりだった。彼のことが好きな気持ちは変わらないどころか強くなっているのに、相手にされなくて当たり前なんだって諦めもまた、日本にいる時よりも大きかった。

レストランはホテルからそんなに遠くない場所で、入口のドアが異常なくらい小さかった。フランス人がくぐれるのかな、と思ったけど、お店の中はクラシカルで瀟洒《しょうしゃ》で、ほとんどの客が白人のカップルだった。そこそこ賑わっているこの中で一番場違いなのが私だ、と悟った瞬間、思わず足が止まった。後ろを歩いていた蓮さんと身体がぶつかり、彼は反射的に私を庇うように両腕を小さく伸ばした。

「どうしました?」

壁側に、グランドピアノが置かれている。いまにも気難しい支配人が忍び寄って「黄色いチビは帰れ」とにこやかに耳打ちしそうだった。そんなことになったら謝れるだけ謝って、もうクイックのハンバーガーでいい、と思っていたら、フランス語だけのメニューが恭《うやうや》しく渡された。ごめんなさいあなたたちが言う通り私は黄色いチビですフランス語も読めません、と私の中でぺこぺこ頭を下げる小人の声が聞こえた。

「真菜さんは、何が好きですか。白身の魚とか鶏肉とか……」

「私は、好き嫌いないんで。お任せします」

「感心ですね。そんなにかしこまる店ではないので、気楽にしていいんですよ」

蓮さんはメニューから目を上げずに言った。見抜かれてたんだ。すみません慣れてなくて、と言おうとしたけど、雰囲気を壊しそうな気がしたので、黙ってうなずいた。けど、気を遣ってくれたんだから何か返さなくちゃ。ちゃんとした食事の時は、会話だってそれなりのものでなくてはならないはずだ。

「お兄さんは、好き嫌いあるんですか」

ああもう。こんなこと幼稚園児だって言える。私は地団駄を踏みたい気持ちだった。

「どうしても食べられないものはありませんが、結構いろいろと。特に駄目なのが、カマンベールと生のトマトですね。あと実は、高いチャイニーズがあまり好きでないんです」

　それが中華料理のことだってわかるまで、ちょっとかかった。

「初めて真菜さんたちと食事した時、相当必死でした」

「全然、わかりませんでした」

　蓮さんは笑った。仄《ほの》かな灯りの中で見る彼の笑顔は貫禄があるのに儚《はかな》くて、発掘されるのをずっと待っているさほど重要でない美術品みたいだった。私は手を伸ばして彼の頬に触れそうになり、急いで両指を組み合わせて我慢した。そんなことをして怒られるのも怖かったし、笑われるのはもっと嫌だった。

　誰も黄色いチビなんてことは言わず、料理はスムーズに運ばれてきた。給仕の男の人はいちいち私に何か言葉をかけ、私はどぎまぎしながらとりあえずメルシーと返して蓮さんに通訳してもらうのだった。緊張しながらナイフとフォークを使ってふと顔を上げると向こうのテーブルの一目でお金持ちとわかる白髪の男の人と目が合い、すると彼は悠々《ゆうゆう》と微笑んで見せる。私は日本ではほとんど意識しなかった階級格差ってものを、痛いくらいに感じた。お姉ちゃんはこんな経験をすることもなくお嫁に行き、もうすぐ母親になるんだ。目の前にふたつに分かれた道が現れて、何か考える前に、消えた。

「明日はどこか行きたい所がありますか。サンジェルマン・デ・プレの他に」

蓮さんに尋ねられて私は口籠り、でも隠してはおけないので憚《はばか》りながら言った。

「あの……ヴィトンの本店に」

「えーと、ジョルジュ・サンクの所ですか」

蓮さんがちょっと眉根を寄せたので、私は顎を引いてこれから言われることへの準備をした。

「まだ改装中じゃなかったですか？」

「改、装中？」

「誰かから営業してると聞きましたか？」

私の周りの、誰がそんな情報を持っているというのだろう。日本のヴィトンだって、デパートのテナントを混雑に紛れて一度か二度冷やかしただけなのに。私は、首を振った。

「買物ですか」

「それもあるけど、ただ行ってみたいなって……ずっと憧れてて」

食事が終わり、チーズの盛り合わせが運ばれてきた。フランス人は、本当に食後にチーズを食べるんだ、と感心していたら、蓮さんがカマンベールを見て苦笑いをしながら掌を私の方に動かした。何げない仕草なのに、いやに刺激的に目に映った。

「もしかしたら混んでるかも知れませんが、ホテルの近くに一軒と、あとサンジェルマン・デ・プレにも小さいのが一軒あったと思います。勿論他にもあるんでしょうが、ブランドの店にはちょっと疎《うと》くて」

申し訳ないですね、と言われて私は余計に恥ずかしかった。この程度のレストランに連れてこられただけで動揺してる癖にヴィトンか？　百年早いんだよと嘲弄《ちょうろう》されたみたいで。彼がそんなことしないって、十分わかってるのに。

「じゃあ、サンジェルマン・デ・プレのお店に……」

「変なことを聞きますが」

蓮さんが、私の方に身を乗り出してきた。テーブルを易々《やすやす》と乗り越えて詰問《きつもん》されそうで、私は身体を硬直させた。

「買物があるとして、支払いはどうしますか。僕が立て替えていい？」

「お金、持ってきました……」

蓮さんの表情が険しくなった。

「いくら」

「……千ユーロ」

「現金で？」

いままで見たことのない、厳しい顔つきだった。どんな悪人のどんな秘密も、たちどころに白状させてしまう、人ではなくてシェパードのようだった。

「その金、いまどこにありますか」

「ホテルのセーフティボックスに、パスポートと一緒に……」

冷徹なシェパードは、鼻から大きく息を吐いてうなずいた。

「チェックアウトまで、絶対に出さないで下さい。出したらすぐ僕に預けて。明日の買物は立て替えます」

「でも……」

「いいから」

蓮さんはコーヒーをぐっと飲み、私を見ると表情を緩めた。

「怒ってるんじゃないですよ。どうしてそんな大金持ってきたんです」

「お母さんも立て替えてもらうから、迷惑にならないように……。本当はお店も一人で行けると良かったんだけど、それはやっぱり、心細くて……」

私は、ごめんなさいもう買物はいいです、と続けようとした。まったく思いがけなく蓮さんとパリに来られて、一緒にヴィトンで買物が出来たらどんなにいいだろうと思っていたけど、やっぱりそれは、分不相応なことなんだ。流行に踊らされている馬鹿女と思われるくらいだったら、摑みかけている長年の夢を手放してしまう方がまだましだった。これ以上情けない振る舞いをして、彼に愛想を尽かされるのが、心の底から怖かった。

「食べて」

夏の海のさざ波のような声がした。私は蓮さんと顔を合わせることが出来なくて、いつの間にか置かれていた琥珀《こはく》色のタルトを見た。紅茶と、洋酒の香りが控え目に届いてきた。

「すみません。きつかったですよね。びっくりしたんで、つい」

テーブルに目を落としたままでいると、視界の端でワイングラスが滑《すべ》ってきた。私は急いでグラスの脚を持ち、一口飲んだ。白ワインなのに甘くて、重厚な味がした。周りの視線を確かめてもう一口飲み、グラスを元の位置に押して頭をちょっと下げた。

乳房の上あたりが、ゆっくりと温かくなっていった。

「真菜さんは、もっと僕に甘えていいんですよ」

道は、閉ざされた。

私は死刑を宣告された囚人だった。「そうなの？　じゃあ本気出すから」と迫ればきっと、彼は「だって義理の妹なんですから」と大真面目に返してくるのだ。そうなったら私は、永遠に自分の気持ちを封じこめて生きていかなくてはならない。

——それがあんたのいけないところだ。

伽歩子さんの言葉が頭の中で反響して、息が出来なくなりそうだった。ピアノの演奏が始まり、どこかで耳にした曲にやっぱり私は死ぬのだ、と知らされた。葬送曲にしてはずいぶんロマンチックな曲だった。

＊

メトロに乗るのも、最後なんだ。私はもうすっかり見慣れた、いやに頑丈な自動改札の太いレバーを力をこめて押した。初めてこの鉄の棒をおっかなびっくり押したのはほんの四日前で、その時はスーパーでの買物の仕方も、街の標識の読み方も、何ひとつわからなかった。ルーブル美術館の女神にも恋人たちにも、会っていなかったのだ。

こんなに目まぐるしい一週間があっただろうか。私たち高校生の毎日は、意外に単調だ。学校と自宅とあといくつかの場所で、不満と心配と喜びとぼんやりとした怒りや愛情を抱えて、右往左往している。新しいことを吸収している自覚なんてないし、世界が変わるような体験だって滅多にない。

自分が、ずいぶん変わったな。蓮さんと並んで電車を待ちながら、私は悲しみを諦め、もう恋愛感情と呼べるかもわからない気持ちを懸命に宥めて、なるべく友達みたいに彼に接しようと決める。そしてそんな守りに入ってしまう自分がまた、どうしようもなく哀れで、憎い。だって敵う相手じゃないんだからしょうがないよ。私の中で、優しい声がする。心の中の隙間で訴え続ける、勇敢な声には耳を貸さないように。負ける勝負はするものじゃない。優しい声が、収まり悪く心の中の隙間を埋める。

「あのすみません」

電車の中で、中年の日本人夫婦が蓮さんに話しかけてきた。女の方が、地図を持っている。蓮さんがちょっと首を傾げて、地図に見入った。久し振りに見る、彼の癖。考え深そうな、でもおかしいくらい子供じみた顔だ。乗り換えの駅を間違えられたようですね、と蓮さんが言うと、二人は何度も頭を下げ、ついでにいいですか、とガイドブックを出した。

夫婦で初めてパリに来て、迷ってしまったんだろうか。以前の私だったら、恰好悪い、そんなの最低だと相手に幻滅しただろうけど、いまは微笑ましいような羨ましいような気持ちだった。私は念願のパリで、フランス語を流暢《りゅうちょう》に話す男にエスコートされて、ヴィトンに買物に行こうとしている。紳士的で、ちょっと背は低いけどいい身体で、あか抜けていて、道に迷ったりなんかしない。そして、みんなが羨む真治をやすやすと私の心から押しのけてしまった癖に、私への愛情だけを持たない男と。

前の席が空いて、蓮さんが一瞬ガイドブックから顔を上げて、座って、と目で合図を送ってきた。私は腰を降ろしたが、荷物をたくさん抱えた老婆が乗って来たのに気がついて、また立った。貧しい身なりの老婆は嬉しそうに笑い、大儀そうに座るとしきりに話しかけてきた。これまで聞いたどのフランス語よりも訛《なま》りがきつかった。私は彼女の欠けた前歯を見ながら、ジャポン、と言ってみた。そうかそうかジャポンか、という雰囲気になって、トーキョー？　キョート？　スモー？　と聞かれ、私は彼女と通じてはいないんだけど友好的な会話を始めた。多分パリのクロワッサンは世界一おいしい、と言ってるんだろうな、と思ったところで老婆はいきなりメルシーメルシーと大きな声で言いながら降りて行き、私の周りにいた何人かの客が続いた。ずいぶん人が降りるんだな、と思いながら私は老婆を見送った。

サンジェルマン・デ・プレ駅で降り、私は鞄の口が開いているのに気がついて軽い気持ちで閉めようとした。

いきなり足が、続いて全身が動かなくなった。鞄に手を掛けたまま蓮さんを呼ぼうとしたけど、声が出なかった。

「どうしました」

「……お財布、が」

ホテルを出る時ちゃんと入れたんですけど、と言おうとしたら激しい眩暈《めまい》に襲われた。膝が崩れ、蓮さんは慌てて私の腕を摑んで引っ張り上げた。

「そこに座って」

彼は私の腕を掴んだまま、ベンチに連れて行った。痛いくらい力が入っていて、こんな時に初めて強く触れられたんだ、と頭の片隅で思った。蓮さんが買ってきてくれた水を一口含むと、少し頭がしゃっきりした。彼は私の鞄を抱えて、横にしゃがんだ。

「ここで大丈夫ですか。横になった方がいい？」

私は首を振った。

「すみません……もう、大丈夫です」

「財布、すられましたか」

「……多分」

「鍵、掛けてなかったんですか」

「……慣れたから平気だと思って。つい」

蓮さんは何か言いかけ、それを押し殺すように太い息を鼻から吐いて、二、三度うなずいた。

「出てこないとは思いますが、いちおう警察に届けましょう」

私は鞄の口を全開にして、もう一度中を探った。ハンドタオルかポーチの下敷きにでもなっていて、すみませんありました、驚かさないで下さい、なんて会話が出来るんじゃないかと期待して。でもやっぱり、なかった。明日帰るという時になって、これからヴィトンに行くという時になって、スリに遭うなんて。私が不注意なのがいけないんだけど、でもあんまりだ。

私はぼんやりと、蓮さんに顔を向けた。パリのメトロのベンチは一人掛けで、初めて目にした時には都会的だって感心したけど、そのせいで彼はしゃがみこんでいるのだ。謝ろうとしたけど、口を開くとまたすごい眩暈に襲われて、思わず頭を下げた。両手で頭を抱えて堪えていると、膝に遠慮がちに彼の手が載せられた。柔らかい感触だった。

目の前を電車が何本も通り、私はやっと頭を上げた。蓮さんの掌が一瞬膝をぎゅっと包み、すぐに離れた。

「ごめんなさい」

「歩けますか。カフェで少し休むか、気分が優《すぐ》れなかったらタクシーで帰りましょう。駅で警察の場所だけ聞いておきますから」

「もう……諦めます。どうせ明日、帰るんだし」

現金を落としたらまず出てこないと、ガイドブックに書いてあった。しかも、落としたのではなく、盗まれたのだ。仕方がないんだ、と自分に言い聞かせると、納得出来たと同時に涙がぼろぼろとこぼれた。もう何にも、キャンディ一箱だって買えないのだ。

私の様子に、蓮さんが不審そうな瞳を向けた。

「お金、どのくらい入れてました」

「百ユーロにちょっと足りないくらいと……」

「と？」

「あと……千ユーロ」

「なにい？」

いままで聞いたことのない、殺気立った声に私は全身を強張《こわば》らせた。蓮さんが正面から私を睨みつけた。もしも視線が武器になるなら、一撃で相手を殺せそうな光を放っている。私は目を逸らせることが出来なかった。このまま蓮さんの視線に射抜かれて死ぬのかな、それでもいいか、なんて考えた。

「セーフティボックスに入れておけって言ったでしょう。何で持って来たんです！」

「買物するんだったら、お金くらい自分で払わなくちゃと思って……。大金になっちゃったら、お兄さんに立て替えさせるの、迷惑だし」

「真菜さん」

彼はいつもの声に戻った。でもすごく苦しそうで、私は彼が自分自身の視線で疵《きず》ついてしまったのかと思って、どこが痛いんですか、と尋ねようとした。彼が自分で疵つけたのだったら、私に治せそうな気がしたから。

「そんな心配するなって、言いましたよね？　僕に借りをつくるのが嫌ですか」

「そんなんじゃ、ないです」

「とにかく行きましょう。ここにいても、仕方ない」

最後の言葉がひどく冷たく耳に響いて、私は彼の後について歩いた。彼は振り向くと、不思議そうな顔で私を横に並ばせて腕を取った。その動作は決して乱暴ではなかったけど有無を言わせない感じで、私は自分が万引きが発覚した頭の悪い女子高生みたいに思えた。本当に頭の悪い女子高生だ、と心の中で言い聞かせたら、少し気持ちが軽くなった。さよならパリ、と唐突に思った。

私から千ユーロもかっさらっていった、美しくて、エレガントで、権高《けんだか》で、結構物価が高くて、パンのおいしい街。最後にひどい目に遭ったけど、楽しかった。今回の旅のことは、一生忘れない。私はね、一緒にパリに来れば、蓮さんとの距離が縮まるんだって、勝手に思いこんでたんだ。ロマンチックな街で二人っきりなんだから、新しい展開があるに違いないって、当たり前のように決めてた。

でも、駄目だった。彼が優しい態度に出れば出るほど、私は踏み出した足を引っこめなきゃならなかった。そんな事態は初めてで、大人には太刀打ち出来ないって、わからされた。

だからって、彼への気持ちを諦めるなんて出来ないけど。きっと私は勝てないだろうけど、パリで経験したことと、その時に彼が一緒にいたことにはすごく、すごく感謝してる。ええと、メルシーボクー。そしてオールボワール。何度聞いても「オーボワァ」と聞こえる、別れの挨拶。

駅を出てすぐに、サンジェルマン・デ・プレ教会はあった。写真よりずっと地味な、古びた建物だった。蓮さんは私の腕を摑んだまま教会の中に、まるで親戚の家を訪ねるみたいに入って行った。そして並んでいる椅子の一番後ろに私を座らせて、耳許で囁いた。

「タクシー呼びますから、ここにいて下さい。すぐには来ないかもしれませんが」

「でも、あの」

祭壇に近い場所で、ヴェールをかけた女の人たちが頭を垂れている。ミサはやってないみたいだけど、異教徒の外国人が勝手に座っていたりして、いいのだろうか。私はまだちょっとぐらぐらしている頭で、そっと周囲を見回した。

「うち、確か真言宗《しんごんしゅう》だったと思うんですけど……勝手に座って、いいんですか」

「大丈夫です、ここは教会なんですから。気分が悪くなった人が休んでいて怒る神様がいたら、偽者ですよ」

なるべく早く戻ります、と言いおいて、彼は出て行った。宗教ってそういうものなのか、と私はうっすらと感心し、せめて熱心な異教徒に見えるように、両手を組んで目を閉じた。何かお祈りしなくちゃと思ったけど、いきなりやって来て願いごとをするのも気が引けたので、神様どうして最後の日にスリに遭ったんですか、と聞いてみた。もう一日、せめて半日遅ければ、私はあんな大金を持っていることなんてなかったのに。本当ならいま頃、どこかのカフェで蓮さんとお茶を飲んで、生まれて初めてのヴィトンでの買物の計画を、彼に話して聞かせている、一番楽しい時間だったはずなのに。そのために私は、少しお洒落して来たんです。彼と、あのお店にふさわしい女でいたくて。

でも、駄目だった。誰のせいでもない。私が不注意だったために、すべては壊れてしまった。

もしかしたら、これは報《むく》いなのかも知れない。冷んやりとした空気の向こうで、信者たちの手作りらしいタペストリーが見える。少しバランスの悪い、十字架から降ろされたキリストと彼を抱くマリア。私の脳裏に、真治が、桃子が、浮かんだ。隠しごとをして、ごめんなさい。約束を破って、ごめんなさい。でもスリに遭ったから、許して。ああ、これじゃ辻褄《つじつま》が合ってない。彼等を傷つけたことと、私がスリに遭ったことは、別の問題なんだ。やっぱりまだ気分が悪い。考えがまとまらないもの。とにかくいまは、休みたい。

不意に人の気配がして、爽やかなんだけど深い香りが微かに漂ってきた。何だか落ち着く、と思ったら肩に手が置かれた。

「行きましょう」

仕方ない、何もかも駄目になっても。私は思った。立ち上がる前に、もう一度頭を下げた。蠟燭《ろうそく》の灯が、揺れて見えた。

＊

「少し眠った方がいい」

ホテルに着くと、蓮さんは私の腕を取ったまま自分の部屋に連れて行き、慎重な動作でベッドに座らせた。

「そんな気分ではないでしょうが」

私は、黙っていた。まだ昼前だ。この部屋の、彼のベッドに横になっていいのだろうか。確かに私は、とても疲れているけれども。

「嫌でなかったら、着て下さい」

蓮さんが、Tシャツとハーフパンツをベッドに置いて洗面所に消えた。私はぼんやりした頭のまま、彼の服に着替えた。両方とも意外に大きくて、フィジカルがいいってこういう人に使う言葉なんだろうな、と思った。健全な精神は健全な肉体に宿る、逆だったっけ、保健で習ったんだけど。そして健康とは単に病気でないとか……。後が思い出せなかった。洗面所のドアが開いて、少し間があって蓮さんが出てきた。気を遣ってる。そうしなきゃならないのは、私のはずなのに。

「……ごめん、なさい。せっかく」

机に向かって何かしていた彼は、振り向いた。私は言葉を続けられずに俯いた。蓮さんは冷蔵庫からペットボトルの水を出し、白い錠剤と一緒に私に差し出した。

「噛まないで服んで下さい。怪しい薬ではありませんから。何なら僕も一緒に服みますよ」

「何ですか？　怪しんでるんじゃ、ないんですけど」

「睡眠導入剤」

本当は人にあげちゃまずいんですが、と言い、蓮さんは微笑んだ。睡眠薬とどう違うんだろう、と思いながら、私はそれを服んだ。薬にしてはいい匂いだった。お医者さんが処方したんじゃなくて、脱法ドラッグとかそういうのだったりするのかな、と考えたけど、眠れるんなら、それはもうどうでもよかった。

「いつも、使ってるんですか」

「たまにね」

「お兄さんも、眠れないことがあるんですか」

「意外と小心なんですよ」

「それは……」

お嫁さんに逃げられたからですか、と言いたかったけど、さすがに口には出せなかった。

「それは、何ですか？」

「何でも……ないです」

蓮さんはあっさりうなずいて、カーテンを引いた。ぼんやりとした明るさが、海の底みたいだった。でも本当は見たことない、海の底なんて。私はベッドに横たわり、枕に顔を押しつけた。ほんの少しだけ湿った感触に、さっきとは違う重い香りが溶けていた。本当に睡眠導入剤ってやつなのかな、サプリメントの類じゃないのかな、と思いを巡らせているうちに、優しい眠気が訪れた。サンジェルマン・デ・プレ教会の神様が来てくれたんだ、と思いながら、私は心地よい空気の中に落ちていった。

＊

頭の横で、電話のベルが鳴り響いた。私は深い眠りから叩き起こされ、まだ朦朧《もうろう》としながら無意識に受話器を取った。

「もしもし？」

電話の向こうで、疑わしげな女の声がした。私は半身を起こし、そしてベッドに寝ていたことに気がついた。

ここは、どこだっけ。

見たことのない部屋、じゃない。でも記憶にあるものと少し違う。ホテルだ。私は、パリに来てるんだった。でもここは私の部屋じゃない。どうして。今日はサンジェルマン・デ・プレに行って、そしてメトロで……。

私は一気に思い出した。蓮さんの部屋で、薬をもらって、そして眠ってしまったんだ。じゃあこの電話は彼究のものなんだ。でも、彼はどこに？

バスルームから、シャワーの音が響いてきた。いま、何時なんだろう。それより電話だ。

「真菜ちゃん？」

短い沈黙の後、電話の声が訊いた。返事、していいんだろうか。でももう出ちゃってるんだから、どうしようもない。

「……はい」

「蓮はいる？」

「シャワー、浴びてます」

「代わってもらえる？　伽歩子です」

感情を押し殺した声に、ぼんやりしていた頭がくっきりと覚めた。時計を見ると、十一時過ぎだった。そんなに、眠ってたんだ。私は受話器を置いて、バスルームのドアを叩いた。心臓が、いつもの三倍くらいの大きさで搏《う》っている。どうしよう。その原因もわからないまま、ひどく狼狽《ろうばい》していた。

シャワーの音が止んで、蓮さんが返事をした。

「電話、です。伽歩子さんから」

「いま出る。ちょっと待って」

とりあえず部屋の隅に行って壁の方を向いてなくちゃ、と思った瞬間にドアが開いて、バスタオルを腰に巻いた蓮さんが髪を乱暴に拭きながら出て来た。早すぎる！　私は慌てて壁際に寄り、見ちゃいけないと思ったけどどうしようもなく視線を奪われてしまい、必死でベッドの端に座って反対を向いた。一瞬だったけど目にした蓮さんの身体はまだびしょ濡れで、日に焼けてなくて、服の上から見るよりずっと逞しかった。胸の筋肉が盛り上がっている様子が、猛々《たけだけ》しいほどだった。

うん、携帯？　シャワーしてたから気がつかなかった、ちょっと待って。蓮さんは普通に喋りながら、電話を机に引っ張っていって、ノートパソコンを使い始めた。私は時々、彼を盗み見た。頭を拭《ふ》いている、腕の動き。全然無駄な肉のない脇腹。そしてやっぱり、身体には不似合いな大きな足。見ていると、息が詰まりそうだった。このまま酸素が肺にいかなくなって、死ぬのかも、と切実に思った。

そんなこと考えてる場合じゃない。こんな時間に私が蓮さんの部屋にいて、しかも彼はシャワーなんか浴びていたのだ。いくら彼が恋人じゃないって言っても、そして私が子供過ぎると言っても、伽歩子さんが誤解するには十分な状況だ。帰らないと。私はサイドテーブルに置いてあった鞄を取った。蓮さんが振り向いたので「お邪魔しました」と声に出さずに言って、部屋を出ようとした。

「真菜さん。待って」

蓮さんは、受話器を塞いでいなかった。彼の声が長く太い矢になって、身体を貫いた。

「行かなくていい。そこにいて」

頭を抱えて、叫びたかった。違うんです。ただ彼の部屋にいただけで、ずっと眠ってて、いま目が覚めて、本当に本当に、何もないんです。信じて下さい。だって蓮さんが、私なんか相手にするはずないでしょう。

仕方なく、ベッドにもう一度腰かけた。何を興奮しているんだろう。伽歩子さんがどう取ろうが、私には関係ないことなのに。それに彼女はそんなこと、全然気にしてないかも知れないのに。馬鹿みたい。自分で自分のことが、悲しかった。私はやっぱり、この人が好きなんだ。夜遅くに部屋にいたことが伽歩子さんに知られたくらいで、こんなにもうろたえてしまうくらいに。

「すみませんでした。もう、上がりますから」

蓮さんが電話を元の位置に戻して、もう一度バスルームに消えた。まるっきり普通の調子で、それが私をいっそう悲しい気持ちにさせた。彼は、全然平気なんだ。夜中の十二時になるって時に、私が部屋にいて、伽歩子さんからの電話に出ても。

やっぱり、自分の部屋に帰ろう。私は鞄を肩に掛けた。バスルームには入れないから、使ったコップは机に置いた。洗わなくてすみません。お世話になりっ放しで。頭の中でそんなことを考えていると、蓮さんが出てきた。ジャージみたいなのを穿《は》いていたけど、上半身は裸で、まさかそんな姿だなんて思わなかったから、私はたじろいで、ドアまで後ずさった。

「部屋に、戻ります。コップ洗わなくて……すみません」

蓮さんは首を傾げた。濡れた髪が、彼をいっそう幼く見せている。

「それは構いませんが、何か気にしてるんだったら、その必要はないですよ」

私はかっとなった。

「蓮さんは、どうしてそういうこと平気でするんですか。伽歩子さん、すごく不愉快そうで……」

思わず「蓮さん」と呼んでしまった。だって、彼があまりにも平然としているから。

私の中で、いままで経験したことのないような大きな感情の渦が、何もかも呑みこんでぐるぐる廻っていた。力ずくで人々を溺《おぼ》れさせ、家を破壊し電車を砕く、ハリケーンのように。

名前を呼ばれた時、蓮さんは眉間に短くて深い皺を立てた。でもそれはすぐに消えて、彼はニュートラルな表情で続けた。

「僕がどこで何をしようが、彼女には関係ないことだと思いますが。あなたが言うように伽歩子が不愉快になったとしても、それは誤解だし、そのために僕が行動を制限しなければならないとも思えないんですが」

いままでと全然違う、冷厳な言い方だった。私の中のハリケーンが、勢力を増した。この人も呑みこんでしまうのだろうか。そんなこと、出来るのだろうか。

彼は、なぜこんなに泰然《たいぜん》としていられるのだろう。そのくせ言うことは、ものすごくアグレッシブだ。私に、挑んでいるんだろうか。私の気持ちに気づいていて、それを弄《もてあそ》んで楽しんでいるのだろうか。それともまったく、犬か猫が部屋にいるのを見つかったくらいの感覚なんだろうか。

多分、そっちなんだ。ハリケーンが、躊躇するように力を弱めた。蓮さんにとって私は、ベッドを貸しても夜中までいられてもまるでお話にならない、まだガキの、義理の、妹なんだ。

頭の芯が、ぎゅっと熱くなった。そんなのは、いや。私はそんなこと、認めない。私は、あなたのこと、伽歩子さんがあなたを想うのと同じように。

好きなんです。

私は、蓮さんに飛びついた。その身体は目で見るよりも更《さら》に厚みがあって、そのわりに筋肉が柔らかくて、でもずっしりとした重量感に満ちていた。肩の付根にそっと唇を当てると、石鹼の残り香と、少し苦い味がした。やっぱり背がちっちゃい。私はそんなことを考える自分の余裕に呆れた。

蓮さんは、上体を引いた。無理かも、と思ったけど、意外にあっさりと彼の身体が戻ってきた。私は両腕に全身の力を集めて、離れた彼の身体を自分の方に引きつけた。

そしてゆっくり、私の背中に彼の腕が廻った。

いま、本当の気持ちを言葉で彼に伝えられたら、どんなに、どんなにいいだろう。

だけど。

それだけは出来なかった。拒絶されるのが怖いとか、笑って感謝されるのが悲しいとか、いままで頭で考えていたのとは、違うことのような気がした。どうしてだかわからないけど、それは言っちゃいけないことなんだって確信だけがはっきりとあった。

もしも私に、真治という恋人がいなかったら。

もしも彼が、こんなに年上じゃなかったら。

そんなんじゃなくて、お姉ちゃんも小林さんも伽歩子さんも全然関係なく、私にそれを言うことは許されていないのだ。

でも……どうして？

ぐるぐると廻っている頭の片隅に、不意にアモルとプシュケが現れた。力を貸して。小さな二人に必死で焦点を合わせていると、スペイン料理店で蓮さんが言った言葉が弱く響いた。

——相手が返事に困るような話はやめろ。

そうか。そういうこと……なんだ。

私は蓮さんにじゃなくて、アモルとプシュケに向かって了解、と呟いた。

触れあっている彼の身体が、呼吸に合わせて動いていた。その動きはものすごく官能的で、でもやっぱりこのまま足許のベッドに彼を押し倒してしまうのが正当なコミュニケーションなんじゃないか、と真剣に迷った。硬い腹筋が前後するたびに、下顎に唾液が湧いた。背骨の一番下が痺れるような時間だった。

蓮さんが、私から離れた。目を合わせると、彼は微笑していた。薄いガラスがひび割れたような、脆《もろ》くて危うい、見ている者に痛みを与える、淋しい顔だった。

「すみません。……いい加減に復帰しないととは、思ってるんですが」

小さな、頼りない声だった。私はいい言葉が見つからず、下を向いて黙っていた。

「何か着ますから、そこに座って」

蓮さんは目で窓際のテーブルを指した。タンクトップを着ると、寝る時はいつもこんな恰好なんで、とその言い方が言い訳じみていて、緊張していた私を少しリラックスさせた。

「腹減ったでしょう」

テーブルに、サンドイッチと何種類かのパンと、カットフルーツとサラダ、牛乳が用意された。

「真菜さんが眠っている間に、買っておいたんです」

「気が、つかなかったです」

「疲れてたんですね」

彼は食べ物を全部、プラスチックの食器に移し替えた。

「あの、そのままでも」

「たいした手間じゃないんで、いいんですよ」

「……すみません」

「一人で暮らしてるとどんどん手を抜いていくようになるんでね、せめて食事の時くらいはちゃんとやらないと」

蓮さんは一人暮らしなんだっけ。いくら大人だって、ううん大人だからこそ、どうしようもなく心細い夜もあるだろう。この人は、私なんかが想像もつかないような切ない日々を、いっぱい重ねてきてるんだ。

私は、外に流れていかない涙が全身を濡らしているような感覚に縛りつけられた。部屋に二人きりなのに、彼がずっとずっと遠くにいるみたいだった。

「偉そうに言ってますが、百均《ひゃっきん》で調達して、帰る時には置いていくようなものですよ」

最初の時と同じように、蓮さんはハンカチをテーブルに広げる。可愛い柄なのにシックだ、と思ったらやっぱりバーバリーだった。

「バーバリーが、好きなんですか」

「そういうのは、本当にないんですが」

「でも、こないだもバーバリーだったから」

「よく見てますね」

蓮さんは感心した。

「まとめて貰ったんですよ。お客さんに」

最後を強調したように感じられて、私はようやく少しだけ笑えた。蓮さんは満足そうにうなずいて、テーブルにどん、と白ワインの瓶を載せた。

「無理にとは言いませんが、どうですか」

私は彼を見た。

「いいんですか」

「内緒に出来ますね」

上等の宝石のような言葉に胸がいっぱいになったけど、私は躊躇した。

「薬、服んじゃったんですけど。睡眠導入剤、でしたっけ」

蓮さんは控え目に、でも声を立てて笑った。

「実は、騙《だま》しました。あれはヒントミントの小さい方です」

「本当に？」

「意外と効果があるものですね。びっくりしました」

「ひどい」

自分が途方もない馬鹿に思えて、話が続けられなかった。蓮さんは、ふと真面目な顔になった。

「さっき、名前で呼んでくれたでしょう」

聞き逃されてなかったんだ。耳が熱くなった。でも「呼んでくれた」って？

「嬉しかったです」

私は思わず彼から目を逸らせた。力尽きた頭の中であるだけの言葉を探したけど、何も言えなかった。

ワインが渡され、私たちは乾杯した。ほとんど会話をせずに簡素な食事を終え、使ったプラスチックのフォークやお皿を洗って、もうこの部屋で私が出来ることはないんだ、本当に部屋に引き上げなくちゃいけない、そして明日は、日本に帰るんだ、と事実だけが次々に押し寄せてきた。あっという間だったような、途方もなく長かったような、時差がずっと続いているような現実離れした感覚だった。

「もう少し付き合いませんか」

蓮さんが、ワインとコップを手に私をベッドに促した。枕をどけて、並んで座り、壁に凭れた。

「こっちの方がリラックスするね」

この人、酔っ払ってるのかな。私は疑いながら、ワインを口に含んだ。辛めで、静かな花の香りが溶けている。

「最後の夜は、部屋にいることにしてるんですよ」

でもすぐに普段の調子に戻る。私はいったい、どういう態度でいればいいのだろう。

「適当に酒を買って、とにかく終わった、明日飛行機に乗れば、もう日本だからってね。パッキングも済ませて、正体を失くすまで飲むんですよ」

指摘されてかえって、蓮さん、と呼ぶのに抵抗が生まれた。

「酔うと、どうなるんですか」

「真菜さんは？」

「そんなにすごくは飲まないけど、酔うとずーっと喋ってるって、言われます」

誰に、と聞かれたら真治のことを話さなきゃいけなくて、いまはそれは嫌だな、と思った。せめて今晩は、真治のことも、桃子のことも、伽歩子さんのことも忘れていたかった。

「僕は、寝ちゃうんですよ。どこででも」

蓮さんはいたずら坊主みたいな顔つきになった。

「若い頃はいろんなところで目が覚めましたよ。道路の植込とか、行ったこともない駅のサウナとか、歩道橋の上とか」

「女の人の家とか？」

虚勢を張ってみたけど、消え入るような声になってしまった。怒るかな、とかなり緊張した。

「もちろん、そういうこともありました。最近はないですがね」

「……ごめんなさい」

「どうして？　面白かったですよ」

タンクトップを纏った彼の上半身は、ただ発達して逞しいだけではないように見えた。ずっと昔、彼の祖先が武器を手に動物を追いかけて殺していた名残りがあるかのように、獰猛だった。いまの彼の立場にも、顔にも、まったく必要のない太い腕とぶ厚い胸。

もう一度、触ってみたい。彼が誰のものでもないのなら、その身体に。そして、まだ塞がらずに血を流している心の傷に触れて、痛みに顔を歪める彼の頭をそっと撫でて、睫《まつげ》毛に載っている涙の粒を舐めてみたい。

そんなこと言ったらびっくりされるだろうな。びっくりされて、多分「どうぞ。いいですよ」なんて承諾されるのだ。そして私は、ものわかりのいい義理の妹の役を演じ続ける羽目になる。

蓮さんは、薄い溜息をついた。

「何度来てもね、うまくいかないことばかりのような気がするんですよ。もっとうまく交渉出来たんじゃないか、もっといい画家がいるんじゃないか、もっと画廊を廻れたんじゃないかって。一人だし、こっちの言葉も完璧じゃないし。後半はもう自己嫌悪ばかりで、早く帰りたいって、正直言ってそれしか頭にない」

こんなに何でも出来るのに。私は不思議な気持ちで彼を見た。フランス人とも問題なく喋ってるし、おいしいレストランも、便利なスーパーも、高級なデパートも知ってるのに。

そんな程度じゃ駄目なんだ。彼は、仕事に来ているのだから。私は、お父さんがよく言う言葉を思い出した。仕事は遊びじゃない。結果を出して当たり前だし、自分がうまくいけば誰かが割を喰ってる。そんなことを気にしてるようじゃ、企業でやっていけない。お父さんは温厚でそんなことを口にするようには見えないけど、特別なことを言ってる感じじゃなくて、仕事をしてる大人の常識、みたいに話すのだ。

　大人って、気楽そうだけどそうでもないんだな。お姉ちゃんだって働いてたんだし、お母さんはいまもパートに出てる。好きなことやって買いたいもの買って、試験も成績表もなくていい気なもんだ、と思っていたけど、苦労してるんだ。いま隣でワインを飲んでる、とても三十過ぎてるとは思えないこの人も。

「日本に帰ったら、新聞読んで何でもいいからテレビ観て、銭湯行ってゆっくり浸かって、鯛焼食べてって、考えることは毎回同じですね。せいぜい十日くらいしか来てないのに」

「鯛焼？」

「言ってませんでしたか？　大好物なんですよ」

　人がしみじみと聞いて共感してたのに、最後に鯛焼なんて。私は気抜けした。

「僕は、日本が世界に誇っていい食べ物だと確信してます」

　はあ。確信してるんだ。

「ワインにも日本酒にも良く合うし。あのヴィジュアルも、素晴らしいでしょう？」

「あの、ワインとか飲む時、普通に食べるものなんですか。鯛焼って」

「真菜さんは、ワインには何が合うと思いますか？」

本当に不思議だ。蓮さんは、どうしていつも私のことを平気で大人扱いするんだろう。高校生は、ワインに何が合うかなんて考えない。お酒の味だってろくにわからないのに。私たちにとって、お酒は酔っ払って羽目を外すために必要なツールだ。適当に口当たりが良くて、適当に冷たければ、それでＯＫだ。お酒だけじゃない。食べ物も、音楽も、スポーツもテーマパークも、楽しく盛り上がれば、それでいいのだ。

そう説明すると、蓮さんは納得がいかないように聞き返してきた。

「真菜さんは、そういうふうには見えませんが。美術館にいる時なんか特に」

彼の言葉は、私に忘れていた淋しさを思い出させた。確かに、絵や彫刻を観ている時、ただ綺麗なだけでは心を動かされない。上手に説明出来ないけど、自分が追い詰められたような気持ちになることがあって、それは感動というのとはまた違うような気がするのだけれども、いままでの価値観を揺さぶられる怖さを持っているのが、私が美術を好きになる基準なんだと思う。でも、展覧会に行ってそんなこと考える子は周りにいない。美大を目指している子と話をしてももっと模範的な回答に終始するし、桃子の感想だってみんなが賛成するようなことだ。私はいつも周りと違っていて、だから美術館に行くのは一人のことが多い。もう慣れたけど。

「大人ですね」

「馬鹿にしてます？」

蓮さんは大真面目に首を振った。

「じゃあ酔ってる」

「まだそんなに飲んでません。どうして疑うんです」

「だって、年上の人にそんなこと言われるなんて」

「歳は関係ないんじゃないですか」

アルコールでちょっと速く動いていた心臓が、ズキン、と痛んだ。これは、神様がくれたチャンスなんだろうか。それとも、彼がくれたチャンス？　言うんならいまだ。歳が関係なくて、私が大人なら、言ってもいいはずだ。

私を、彼女にしてください。あなたの、恋人に、してください。ずっと、好きだったんです。

心臓が、ズキンズキン、と続けざまに痛んだ。息が苦しくなって、深呼吸をしたけど、ますます胸が詰まった。奥歯のあたりが頼りない。それに、涙が出そうだ。

負けちゃいけない。でも何に？　そんなこと考えないで、言うんならいまだ。パリに連れて行ってくださいって言った時みたいに、あと少し、あと少し勇気を出して。借金と保証人以外だったら、何を頼んでもいいはずなんだから。でももうちょっと胸が苦しくなくなってからでないと。そんな猶予《ゆうよ》ない。早く。早く言わなくちゃ。私は歯を喰いしばって、思いきり息を吸った。

そして口を開こうとした時、蓮さんがワインを飲んだ。彼の喉を酒が入っていく太い音に続いて、喉仏が大きく上下した。力強いその動きと音に、私は現実に引き戻された。

やっぱり、言えない。そんなこと。

緊張が緩んで、開いた唇から大きな息が漏れた。蓮さんが私を覗きこんだ。

「大丈夫?」

大丈夫じゃない。あなたのせいで。急に感情が昂《たかぶ》って、私は拳で彼のこめかみを小突いた。少しだけ、力を入れて。

「いて」

このくらいなに?　私は、もっと、もっと痛いのを我慢してるんだから。大声で怒鳴りたかったけどそれは抑えて、でも収まらなかったから彼の耳たぶを力いっぱい引っ張った。好きですって言えないんだから、せめてバカ!　くらいは言ってもいいんじゃないかと思ったけど、それも堪えた。

手を離すと、蓮さんが笑っていた。いままでと違う、男っぽい笑い方だった。私は、やり切れない気持ちにがんじがらめにされた。

本当に本当に、この人が好きだ。

＊

「真菜さん、起きて」

遠慮がちに肩を揺すられて、私は半分目を開けた。逆光に、蓮さんの顔が滲んで見えた。朝だ、というのはわかったけど咄嗟には状況が判断出来なくて、寝坊して彼が起こしに来たのかと思った。どうやって入ったんだろう、と考えながら、頭を上げると明らかに自分の部屋じゃなくて、しかも彼に借りた服のままだった。私は飛び起きた。

「……すみません。おはようございます、ええと」

「慌てなくていいですから」

蓮さんは私の肩を軽く押さえた。ネクタイはしてないけど、スーツを着てる。

「急な仕事が入ってしまって、ポンピドゥーセンターの傍の画廊と画材屋に行って来ます。十一時までには必ず戻りますから、それに間に合うように仕度しておいて下さい」

昨日一緒にベッドでワインを飲んで、私ったらそのまま寝ちゃったんだ。化粧も落としてないし、お風呂も入ってない。最後の夜だったのに、何てざまだ。私は頰を両手で覆って、下を向いた。

「一緒に朝ごはん食べられなくて、すみません。あまりよく寝てたので。もしも一人で行くのが嫌だったら、パンが少しと、冷蔵庫に牛乳が入ってます」

じゃあ、とドアを開けた彼の背中に「行ってらっしゃい」と呟いた。聞こえないだろうと思ったけど、蓮さんは振り向いて、

「行ってきます」

と応えてくれた。結婚してるみたいだな、と思った。馬鹿馬鹿しい、一瞬の妄想だったけど、幸せな気分だった。

部屋の中は、きれいに片付いていた。壁際に、スーツケースと機内持ち込みにするらしいナイロンの鞄が寄せてあった。躊躇したけど、鞄の前にしゃがんでそっとファスナーを開いてみた。ノートパソコン、文庫本、サングラス、チョコレート、書類の入ったクリアファイルの束。秘密に迫れるようなものは、なかった。

私はファスナーを閉めようとした手を止めた。無色のクリアファイルの中に、細く紺色が交じっていた。摘んで取り出すと、私が前にあげたものだった。初めて彼に会った時に貰ったチケットで行った、ルーブル美術館展のお土産。

あれから半年も経ってないのに、ずいぶんいろんなことがあった。私は老婆のように、過ぎた日々を振り返った。

使ってくれてるんだ。

私は鞄を元の位置に戻した。ごめんなさい、盗み見なんかして。でもこれくらいは許して。そう思うと、ちょっと笑えてきた。

約束通り彼は十一時少し前に戻り、チェックアウトするとスーツケースと機内持ち込みの鞄をフロントに預けた。飛行機の時間までまだしばらくあったので、お昼ごはんに行くんだ、と思って、彼についてホテルを出た。ホテルの近くにはガイドブックに載っていた有名なレストランがあって、最後だしランチだしあそこに行ってみたい、誘ってみようかなと思ったけど、自分がお金を持っていないことがすぐに思い出された。現地のお金は、緊急の時のためにと彼が貸してくれた百ユーロしかない。

でも一度くらい、カフェに誘うのもいい。そんなことを考えながら歩いていると、蓮さんが私を真剣な面持ちで見た。

「いいですか、遠慮しないで聞いてください。そこにルイ・ヴィトンが見えますね」

彼は、貧乏な家で育てられた白い虎みたいに見えた。迫害を恐れてこっそり預けられた貧しい家で、感覚だけを研ぎ澄まされて育った、空腹の虎。その視線で敵を殺し、屍《しかばね》を堂々と跨いで家路につく、カマンベールチーズとトマトの嫌いな、童顔の虎。

「これから行きますから、好きな物を選んでください。金は僕が払います」

「あの、私……日本に帰ってももうお金ないから」

立て替えてもらっても返せないんです、と続けようとすると、空腹の虎はさっきと同じ鋭い視線で私を縛った。

「僕が払う。意味わかりますね？」

私は憚りながら首を振った。蓮さんは下を向いて溜息をつき、私の手を引いて店に入った。

「着いた日に食事に出られなくて、埋め合わせするって言いましたよね。それだと思ってください」

「あれは……レストランに連れて行ってもらったから、もう終わってます」

「じゃあね、誕生日いつですか」

「五月です、けど」

「今年の誕生日プレゼントということにしましょう。ゆっくり決めていいですから」

私はようやく、彼が何か買ってくれるつもりなのだ、と気がついた。

「そんな。駄目です」

「どうして？」

蓮さんは首を傾げた。こんな時にその癖は、やめて欲しい。私はこの街にも、あなたにも、お別れの挨拶をしたのだから。お願いですから、これ以上私の気持ちを揺さぶらないで下さい。どうしてだか口に出せない台詞が胸の内側で膨らんで、私はいっそう弱気になった。

「だって……」

「答えられないなら、僕の言う通りに」

蓮さんは笑った。空腹の虎が獲物を見つけた、愛らしいけど威圧的な笑顔だった。急に、傲慢な感情がむくむくと湧き上がった。そんな態度に出るんなら、私だって。勝ち目はないかも知れないけど、背中を見せて逃げるなんてことはしない。たとえ身体が半分に切れてしまうような傷を負うことになっても、勝負する。

彼が呼んでくれた店員と一緒に、私は店の中を見て廻った。いつか観たイタリア映画の女優を思い浮かべて、出来る限り大人っぽく、没落した貴族の娘みたいに退屈気味に、でも上品に。すると店員は私を「マダム」と呼んだ。当惑して「ノン、マドモワゼル」と答えると、彼は驚いてフランス語で謝っているようだった。

結局私は、布製のバッグにしてしまった。最初は小さなスカーフを選んだのだが、蓮さんに「冗談はやめましょう」と即座に却下され、次にキーケースを指すと「真剣にやって下さい」と言われ、財布にすると言うと「本当に、怒りますよ」とあながち脅しでもなさそうな顔をされたので、ほとんどやけになって、でも目を惹かれた、ヴィトンにしては地味なボストンバッグに決めたのだ。それは千ユーロはしなかったけど結構な値段で、本気かおまえ常識を考えろと詰《なじ》られるかと思ったけど、蓮さんは、

「いいですね。真菜さんらしいですよ」

とやっと頬を緩めた。私は、店員がバッグを丁寧に包むのを椅子に座って眺めた。あまり大きな店ではなかったけれども他に客はおらず、ちょっと覗いたデパートに入っている店舗なんかとは全然違った落ち着いた空気が満ちていた。ディスプレイもモダンな感じで、私はしみじみと、本店じゃないけどパリのヴィトンで買物をしたんだ、と感じた。達成感のような、征服感のような、攻撃的ではなく寛大な幸福が全身に沁みた。財布をすられたばかりなのに。私は、哀れで幸せで、悲運で果報者で、そして、甘美な思い出を味わいながら魂は緩やかに滅んでいる。

「遅くなりましたけど、誕生日おめでとう」

蓮さんが、私を見据えた。でも怖い表情じゃなくて、武術の達人が構えた時のような、静かなんだけど威厳に満ちた、強い精神を感じさせる顔だった。

「ありがとう、ございます。大切にします。あの」

言葉を続けようとすると、武術の達人に遮られた。

「僕の誕生日ですか?」

「はい」

彼は笑って私の肩に手を置いた。

「行きましょう。ちょうどいい時間です」

私は彼の手を取って、迷ったけどそのまま腕を組んだ。ほどかれたら何もなかったように横に並べばいいだけなんだから、と運任せな気持ちも、あった。蓮さんは肩越しに私をちらっと見ると、正面に顔を向けて私の手を離した。やっぱり駄目なんだ、知り合いに会うことなんかないはずなのに、それでも迷惑なんだ、と胸が痞《つか》えた時、彼の腕が背中に廻って、肩を強く抱かれた。歩幅が乱れ、動揺して足がもつれた、と慌てたけれども、それは蓮さんが私を自分の方に引き寄せたせいだった。身体の片側がぴったりくっついて、自分から仕掛けたはずなのに、私は思わず顔を伏せた。心臓が飛び跳ねているのが伝わらないかとそればかりが心配で、しばらくは喜ぶ余裕もなかった。耳の下の血管が、膨らんでいるのがわかる。ふとしたはずみにうっすらと渋い香りが届くと、膨らんだ血管から血液が吹き出てしまいそうだった。

しばらく歩くと蓮さんは不意に足を止め、私を手荒に抱きしめた。彼の太い腕が私を封じ、思わず呼吸が止まった。

どういう、ことなんだろう。

頭の片隅が、妙に覚めていた。でもいま私に出来ることなんかない。私は、彼の腕と充足と哀感と畏怖《いふ》に支配された、一匹の獲物だった。じきに命を絶たれてしまうことを、痛いくらいに知っている。でも、どうしてこんなに悲観的なんだろう。蓮さんに、抱きしめられているのに。多分自分が望んでいたことのひとつが、叶ったというのに。

蓮さんが、私の両肩を摑んだ。私は、彼と目を合わせた。見たことのない、険しい顔つきだった。でもよく見ると、行き詰まったような、困惑した弱々しい瞳だった。ほんの少し開いた唇の隙間から、つやつやした前歯が覗いていた。彼の片方の手が、頭を押さえた。顎を上げると、彼の顔が近づく気配がして、息が大きく吸いこまれる音が聞こえた。私は、目を閉じた。弱い風が、足許を通り過ぎていった。

蓮さんの身体が、ふっと遠くなった。彼はアスファルトに向かって深い溜息をつき、何度も頭を振った。大人たちの戦争に巻きこまれて、使い方も知らない銃を手に必死で戦う子供みたいだった。私は、なるべく自然に彼から離れた。ごめんなさい、と言おうとしてやめた。信号が変わって、私と彼は歩き出した。

なにごとも、なかったみたいに。

通りの向こうで、グラン・パレの女神が片手を挙げている。応援ありがとう、多分負けたんだと思うけど、でもちょっといいプレーもあったでしょう。私は心の中で言った。今度こそ、今度こそさようなら。パリと、それから……いろいろなことに。

10

日本に帰って来て、お母さんとお父さんが蓮さんをお礼の食事に誘ったけど、特別なことは何もしてないし仕事も立てこんでいるから、と断られてしまった。もっと粘《ねば》ってくれてもよさそうなものなのに、お母さんは二回電話をするとさっさと諦め、代わりに、と彼のお母さんと一緒に銀座の有名なフレンチでランチの約束をしたらしかった。

「蓮さんはお忙しいだろうし、私たちとごはん食べたってかえって気を遣うだけだものねえ。それより真菜、お母さんシャネルの服持ってないけど大丈夫だと思う？」

事情を知らないから、そんな呑気なこと言ってられるんだよ。私は心の中でお母さんを諫《いさ》める。あなたの娘はパリで千ユーロすられて、蓮さんにヴィトンで鞄買わせてるのに。

蓮さんは、スリに遭ったことは両親に話した方がいい、言いにくければ僕が話しますと言ってくれたのだけれども、それだけは勘弁してくださいと必死で頼んで、秘密にしてもらっているのだ。そんな大金を勝手に持って行っただけでも怒られるに決まっているのに、スリに盗られた上に蓮さんにバッグを買わせたなんて知れたら、もうどこにも行かせてもらえなくなる。これから少しずつでもお金を貯めて、また海外に行ってみたいと思っているのに。

帰りの飛行機で一所懸命説明すると、蓮さんは複雑な表情で私を見た。彼にしては頼りない、でも安堵したような、ほんのりと淋しそうな顔だった。

「また、旅行に出たいですか」

私はうなずいた。でも、自分が何か彼の気に障ることを言ったのかと思って、それは多分仕事なのについて来たりして面倒をかけたせいだろうと、今度はもしパリだったら従姉と来ますから、と言おうとした。

「それを聞いて、安心しました」

予想もしない言葉だった。安心するって、どういうことだろう。私がまた旅行に行きたいかどうかなんて、彼にはどうでもいいことのはずなのに。だけど、どういう意味ですかとは聞けなかった。考えてもわからないまま飛行機は日本に着き、私と彼は税関を出たところで分かれたのだ。

また、彼に会いたい。用事なんかないけど。誘ってみても、いいんだろうか。

でも、もしも会えたらどんな話をすればいいんだろう。パリのどこがよかったか、なんて感想文みたいな話じゃ駄目だ。だって彼は、何度も行ってるんだから。私が感動した美術品について。これだって、彼から見れば幼稚な感想に過ぎないだろう。うちの近所のおいしい鯛焼屋情報。喜ばれそうだけど、近所においしい鯛焼屋なんか、ない。

私は考えに詰まって、取りあえず写真でも見せよう、と決めた。彼に会う口実以外の何ものでもなかったけど、旅行には写真がつきものだ。

一人で廻ることが多かったのであまり数もなかったけれど、一枚だけ、彼と一緒に写っているのがある。ギャラリー・ラファイエットで買物をして帰る時に、寄り道したマドレーヌ寺院の前で日本人の観光客に撮ってもらったものだ。蓮さんが寺院について短い説明をしてくれていると、女子大生くらいの三人連れがすみませんシャッター押してもらえますかあとやって来て、日本人の観光客はそうするのが礼儀なのか、撮りましょうか？　と聞いてきたのだった。

写真はあまり上手じゃなくて、建物の上半分くらいが切れてしまっている。蓮さんは仕事の鞄とデパートの紙袋を提げ、私も細々した買物をしたから鞄は膨らんでいて、恰好は二人ともまったく浮かれたおのぼりさんだった。蓮さんは少し困ったような控え目な笑顔で、横で私も笑ってはいるのだけれど何だか緊張していて、硬い。いい雰囲気なんてこれっぽっちも漂っていなかった。

でも、彼と二人で撮った写真なんだ。アルバムを整理しながら、私はその写真だけはよけて、去年の手帳に挟んで机の引出にしまった。誰にも、見つからないように。そして、いつでも取り出して見ることが出来るように。パリで手に入れた、宝物のひとつ。

アルバムを作り終えて、じゃあどうやって蓮さんを誘おう、と思案した。写真が出来たんですが見てもらえますか、なんて言ったらあっさり断られそうだった。そりゃあそうだ、彼は知ってるところばかりなんだから。後は、と考えを巡らせていると、思い出した。

パリに着いてから、ルーブルのガイドブックを借りたのだ。館内にも日本語の案内はあるけどこっちの方が詳しいから、と渡されて、写真の整理をするまで貸しておいてもらう約束だった。それを、返せばいい。ついでに写真も見て下さい、お礼にごはんも御馳走させてと言えば、断るなんてことはないだろう。心配しなくてもケンタッキーですから、それともモスバーガーの方が好きですか？　と可愛く誘う。これは、歳の離れた義理とは言え妹の、愛すべき好意なんだ。義理とは言え三十過ぎた分別ある兄が断れるはずもないだろう。私は勝手に確信して、メールをした。

が、返ってきた返事は、想像とはまったく違った位置から私を打ちのめした。

本は、伽歩子さんのものだったのだ。手が空いた時に画廊に届けるか、面倒だったら郵便で送ってもらって構わない、ということが短く返信されてきた。写真とケンタッキーはまたの機会ということで、楽しみにしてます、とまったくその気が伝わってこない文章で、私は「楽しみにしてます」というくだりにひどく傷ついた。そんなつもり、全然ないくせに。パーティバーレルを買って、夜中に彼のマンションを襲撃してやろうかと思った。

でも、それとこれとは別だ。借りたものはきちんと返さないと。それに、画廊に行けば蓮さんにだって会える。また伽歩子さんが食事に誘ってくれるかも知れないし、そしたら彼女には悪いけど、写真を見ながらパリの思い出話だって出来る。やっぱり私は、どんなチャンスでも逃さずに、彼と会いたかった。体内で、蓮さんに関わる要素が不足していて、それが正常値に戻らないと調子が悪くなるようだった。小さな写真の中の彼じゃなくて、生身の蓮さんに触れたかった。あのあどけない顔と不遜《ふそん》な身体を、もう一度見てみたかった。

日にちを約束して、画廊に行った。学校の帰りで彼が買ってくれたヴィトンのバッグは持てなかったけど、地下鉄に乗る前に、パリで彼が選んでくれたオーデコロンをつけた。気がついてくれるかな、と思うといつもより余計に吹きつけたくなったけど、我慢した。

柳画廊には、若い男がいた。お客さんにしてはお金持ちっぽくない、普通の大学生みたいな感じだった。彼は薄い紙袋を提げて、伽歩子さんと楽しそうに喋っていた。

友達か親戚かな、と思いながら壁際で待っていると、じゃあまた、と店を出て行った。

伽歩子さんが入口まで行き、

「ありがとうございます」

と頭を下げた。

「お客さん、だったんですか」

「ネットで見て、初めていらしたかたなんだけどね」

伽歩子さんはこないだみたいに応援を勧めてくれた。

「若い人でも、ここで買えるものあるんですか」

伽歩子さんはコーヒーと小さなチーズケーキをテーブルに置いて、肩を揺すって笑った。古い映画のお姫様みたいな、気高いのに可愛らしい仕草だった。

「飾ってないけど、手頃なリトグラフもポスターもあるのよ。画集なんかもね。そういうのが、ネットでよく売れるの」

蓮さんがいない。私は気がついて、そっと店を見廻した。どうしたんだろう。でも、伽歩子さんに用事で来たのにいきなり蓮さんはどうしたんですか、と聞くのも失礼な気がして、私はガイドブックと、お礼に近所で買った焼菓子の詰め合わせを渡した。

「これ、伽歩子さんのだって聞いてなくて。知ってたらパリで何か買ってきたんですけど、ごめんなさい」

「こっちの方がずっと嬉しいわ。そう言えば真菜ちゃん、調布だったものね」

「知ってるんですか？　このお店」

「一度食べてみたいって、ずっと思ってたの。パリなら行くこともあるけど、調布はなかなか機会がなくて」

　そのお店は地元では有名だけど、そうでない人は知らないと思っていた。伽歩子さんは、どのくらいの範囲をチェックしてるんだろう。自分の商売に、関係のないジャンルを。私は感心すると同時に、うちだってここからだって電車で一時間もかからないのに、彼女にとってはパリの方が身近な街なんだと知らされて、まったく自分の相手になる人じゃないんだって痛感した。そして、今日のチーズケーキも、おいしかった。多分、私の記憶のチーズケーキの中で一番上等の味だった。

　伽歩子さんは、パリのことを少し話題にしてくれた。美術館や教会だけじゃなくて、買物のことなんかも尋ねてくるのが女の人だと思った。だけど、その質問の仕方が、蓮さんのやり方と似ていた。棘のついた果実を投げこまれたように、胸の中が痛んだ。私は痛みに立ち向かうように、もう聞いてもいいだろう、と考えた。

「あの、蓮さんは」

　伽歩子さんは不思議そうに聞き返した。

「メールいってない？　さっきそこにあった絵が売れて、お届けに行ったのよ。メールするって言ってたけど」

私は急いで鞄から携帯を出した。きてない。センター問い合わせをしてみる。手の中で、携帯が震えた。

「電車の中だったのかしらね」

急な仕事が入って、今日は店には戻れません。申し訳ありません。Ren
私は思わず大きな溜息をついた。今日はきっと会えると思ったのに。それに、こんな素っ気ないメール。いつもそうだけど。

やっぱり、もう関わり合いになるなって言われてるのかな。パリに連れて行ったくらいでうろちょろして、迷惑なんだってことなのかな。義理の妹として、節度ある交際を心掛けましょうってことなのかな。

グッバイ・ギフト。不意にそんな言葉が浮かんだ。映画で、中年の男が自分につきまとう小娘に拳銃をあげて言うのだ。拳銃とヴィトンのバッグ。似てないけど、似てる。映画ではその後、二人は一緒に旅をすることになるのだけれども。

「真菜ちゃん、彼氏の写真入ってる?」

伽歩子さんに携帯を指されて、私は慌てた。いけない、こんな失礼な態度じゃ。私は、本を返しに来たんだ。でも、真治の写真なんて藪《やぶ》から棒だ。伽歩子さんは私に彼がいるって、なぜ知ってるんだろう。それとも、単なる話題のひとつなんだろうか。

迷ったけど、写真を見せた。携帯の画面の中で、真治がこっちを向いて笑っている。頭の横に、石川が悪戯して差し出した靴の踵が写っている。

「同級生？」

「はい」

「いつから付き合ってるの」

「一年の、バレンタインです」

伽歩子さんは、ずいぶん長い時間真治を見ていた。そして、ゆっくり顔を上げると、まっすぐに私を見た。何か、とてつもないものが現れる気配がして、私は無意識に構えた。

「そんなにお似合いの彼氏がいるのに、どうして蓮なんかにちょっかい出すの」

大きな刀で心臓を抉られて、目の前に突きつけられたみたいだった。息が詰まって、私は片手で胸を押さえた。本当に心臓が取り出されたように、頼りない感触が掌の下にあった。でも、引き下がるわけにはいかない。

「伽歩子さんだって、綺麗でスタイルも良くてイタリア語だって出来て画廊のオーナーで、何でも持ってるじゃないですか。もっとふさわしい人が、いるんじゃないんですか」

言い返しているんだか褒めているんだかわからなくなってしまった。伽歩子さんも、ちょっと意表を突かれたように目を見張って、それから儚い微笑を浮かべた。

「あの人、ボーっとしてるのに女に親切でしょ。がつがつしてないし。だからすごくもてるのよ。あんな顔にあの身体っていうのにも、そそられる女は多いしね」

蓮さん、もてるんだ。意外な感じがした。自分がこんなに夢中になってるのに。でもそれは、真治が人気があるってことよりも、ずっと危険な気がした。

「電車に乗ってる時に、目の前に荷物を持ったおばあさんが来たら席を譲るでしょ？　おばあさんがお礼を言っていろいろ話しかけてきたら、無視出来ないわよね。これ食べなさいってキャンディか何かくれたら、受け取るでしょ？　蓮の女に対する態度はそれと同じなの。でも、女の方は誤解するわ。彼のやり方は自然だし」

パリのメトロで席を譲った老婆を思い出した。あの時多分、スリに遭ったのだ。そして、千ユーロを失くし、あの一晩と、グッバイ・ギフトを手に入れた。

伽歩子さんが、コーヒーを注ぎ足してくれた。私はそれを飲んで、チーズケーキを一口食べた。カマンベールが苦手だと言った、彼の言葉が思い出された。

「初めて会った時、蓮はまだ大学生だったのよ。一番端の席でにこにこしながら酎ハイ飲んで、あんまり喋らないけどとっても楽しそうだった。何ていい男なんだろうって、久々に感動したわ。話も合うし、こんなに理想に近い男が、こんなところにいるのねって、嬉しくもあったし、苦々しくもあったっけ」

伽歩子さんは、一目で見抜いたのだ。私が初めて会った時には全然気づかなかった、蓮さんの魅力を。

「でも、伽歩子さんの旦那さんだった人の、後輩なんですよね」

「そんなの関係ないいんじゃないの」

言葉とは裏腹に、伽歩子さんは弱々しく笑った。

「でも蓮は、私をそういうふうには見てくれなかった。私とあの人は、ずっと友達なんだってすぐわかったわ。悲しかったけど、どうしようもないわよね。どんな関係でも彼と関わっていたかったから、もう、自分が妥協するしかないじゃない？」

「伽歩子さんは、蓮さんと毎日一緒じゃないですか」

私なんか、パリから帰ってまだ一度も会っていないのだ。その前だって、数えられるくらいしか一緒に過ごしたことがない。

「だから余計に辛いっていうのも、あるのよ」

私ははっとした。いつかは他の女の許《もと》に行ってしまう最愛の男と、一日の大半を一緒に過ごす。それは、虹を見た時のような悲しさと切なさに似た気持ちだろうか。それとも、コンサートの最後の曲を聴いた時のような陶酔と淋しさのようなものなのだろうか。

私と彼女は、喋るのをやめてチーズケーキを食べた。希薄な親しみを、それぞれの胸に抱いて。別々の戦場で戦う、名うての騎士と対面したみたいだった。敬意は払っているし、強いのも承知しているけど、同志にはなれない。なれないけど、いままでの戦いで負《お》った傷の深さと痛みは、よく理解している。

もしも私たちのどちらかが蓮さんと結ばれたら、残された方は泣くのだろうか。よそのつまらない女の手に渡るよりはずっといいと無理に笑って、ペアのワイングラスでも贈るのだろうか。

そして三人は、永遠に友達でいられるのだろうか。

電話が鳴って、伽歩子さんが出た。蓮さんからかと視線を送ると、彼女はゆっくりと首を振った。クレジットカードも御利用頂けます、御一括のみですが。そんなやり取りを背中で聞いて、私は食器を洗い、鞄を持って画廊を出た。声を出さずに頭を下げると、伽歩子さんが小さく手を振ってくれた。

私たちは、いつか騎士でなくなる時が来るのだろうか。そしたら、もっと仲良くなれるかも知れない。互いの傷を指してお互いを称《たた》え合う、その時まで、元気で。私は音がしないように、ドアをそっと閉めた。

11

真治のお父さんは、時々株主優待券をくれる。それは映画が無料で観られる券で、私と彼が一緒に映画を観るのはその時だけだ。真治の部活がない土曜か日曜に新宿でその券を使い、終わると公園に行ってお弁当を食べる。ちょっと昔の、高校生のデートだ。

初めて株主優待券の存在を知った時、お金を払わずに映画を観ることが出来る人がいることに、私は腹立たしさでいっぱいになった。千円で観られることもあるけれども、都心に行くには交通費もかかるし、何か食べるものを買ったりするのも馬鹿に出来ない出費だ。働くようになったら好きなだけ映画館に通う、と息巻いている私には、魔法のチケットみたいに見えた。

お父さんから貰ったとは言え、とにかく週末にタダで映画に行けるのだからと、私はお弁当を作った。終わってから公園で食べれば楽しいだろうと。それはおにぎりと唐揚げとプチトマト、みたいな安易なものだったけど、真治はすごく喜んで、始まる前に映画館のロビーで食べてしまったのだ。いままでお弁当なんて作ったことがなかったから仕方がないのかも知れないけど、映画館のロビーで手作りのお弁当を食べる高校生のカップル、っていうのが私にはとんでもなく恥ずかしかった。

でも真治はそんなことにはまったく頓着《とんちゃく》しなくて、私がいくら後で公園でと言っても弁当弁当弁当と催促《さいそく》するので、そのうちに持っていくのはやめて、映画の後にデパートの地下で買うようになった。私は普段から鞄が小さいから、隠そうとしてもすぐに「やった。弁当」と見破られてしまうのだ。作らなくなると、あれほど執着していた真治は意外にすんなり納得した。公園で食べるなら作るけど、と提案すると、

「弁当があるのに食えないいんじゃ、気になって映画なんか観てられない」

と一蹴《いっしゅう》された。

パリから帰ってしばらくして優待券を貰った時、真治は珍しく弁当作ってよ、と言ってきた。

「公園行くまで絶対我慢するから」

「ほんと？　どうしたの」

「岡崎の弁当も、しばらく喰ってないと思って。あとあれ入れて。ブロッコリーのマヨネーズがかかって焼いてあるやつ」

私は、彼の要望通りのお弁当を作った。そんなに手間の掛かることじゃなかったし、真治を置いてパリに行って淋しい思いをさせた罪ほろぼしの意味もあった。でも、そ

の間彼は学校があったし、生活に不自由させたわけでもないのに、どうしてそんなことを考えるんだろうって、自分が不思議だった。話に聞く、姑《しゅうとめ》と夫に気兼ねしながら出かける専業主婦みたいだ。

映画は香港《ホンコン》のアクションもので、私が好きな俳優が出ていた。警察に潜入したマフィアのスパイ役で、香港の狭くて埃っぽい街でカーチェイスが始まると、私は蓮さんを思い出した。サングラスが似合う、情報部員。彼が食べかけの肉まんを咥《くわ》えて街を走れば、クレジットの六番目くらいに名前が出る役をもらえそうだ、と思った。走っているバスから飛び降りたりするのも、やれば出来そうな感じだった。ケンタッキー誘ってみようかな、と考えていると、マフィアのスパイが自分のボスを射殺した。

映画を観終わって、公園に行くともう夕方だった。芝生は少し冷たくて、ちくちくした感触のずっと下に、冬が機会を窺って身動きをしているのがわかった。私は、秋が終わろうとするほんの短い期間が好きだ。

並んで座って、お弁当を広げた。真治は「いただきます」といやに神妙に両手を合わせ、すごい勢いでおにぎりとおかずを食べた。我慢してたんだ。私は彼の横顔が眩しかった。活発に動く顎を見ていると、胸の奥が細かく痛んだ。

「うまい」

「よかった」

「このブロッコリー、冷凍だろ」

「さすが八百匠《やおしょう》の御曹子《おんぞうし》。お母さんがいつも冷凍ので作るから。本当は生でやるのかな」

「うまいよ」

もうほとんど食べ終わる頃に、真治は思い出したように私の顔を見つめた。日に焼けた肌と、少し高い頬骨。切れ長の目は、どんな時も真剣だ。この人も、何でも持っている。でもそれは神様が彼を選んで与えたものだけじゃなくて、自分で努力して手に入れたものだってたくさんあるのだ。真治は部活の居残り練習も嫌がらないし、あまり親しくないクラスメイトの相談にも親身になって乗る。

「真治は、上等な男だよね」

普段なら素直に喜ぶか「あったりまえだろうが」と冗談ぽく返すのに、彼は唇を一直線にして下を向いた。胸が、大きく動いている。

「そんなこと言うな」

「当たり前だから？」

真治は、下を向いたまま少し黙っていた。

「おれたち。もう駄目だと思う」

何のことかわからなくて、私は彼を覗きこもうとした。が、真治はそれを避けるようにさらに頭を垂れ、そして弾みをつけて私に向き直った。

「おれ、ずっと岡崎が好きだった。他の女子みたいに群れてなくて、大人で恰好いいと思ってた。だけど……おれと付き合ってても、岡崎は一人で何でも出来て、おれ、いなくてもいいんじゃんて思うようになった」

あまり突然で、私は瞬きをするのも忘れて彼に見入った。

「そんなこと、ないのに」

「おれが頼りないせいなのかなって、頑張ってみた。映画のこととか、関係ないかも知れないけど部活も、とにかく岡崎に認められるように、頑張ったんだけど」

いつから真治はそんなことを考えていたんだろう。彼は、私のために努力していたんだろうか。私は、そんなに価値のある女じゃないはずなのに。

「パリから、電話くれただろ」

私は、うなずいた。あの晴れた空を思い出したら、鳩尾のあたりが、急に冷たくなった。

「あの時、すごい嬉しかった。岡崎が淋しい思いして、おれのこと頼ってくれたんだって思って。でも、岡崎は一人で解決するんだよ。おれに甘えてきて、何か役に立ててるんだって思うと、もう復活してる。おれに出来ること何にもないんだって、全然役に立たないんだって責められてるみたいで……。それはきっとおれがひねくれてるんだろうけど、おれじゃ、駄目なんだろ」

「なんでそんなこと」

私は思わず真治の手を握った。

「真治はいつも力になってくれるよ？　真治が傍にいるだけで、私は」

「傍にいるだけでいいって言われると、責められてるみたいなんだ。おまえに出来ることなんかないって、言われてるのと同じに思うよ」

真治は喉を空に向けてペットボトルのお茶を飲んだ。

「おれがもっと何でも出来る人間だったら、そう言われたら嬉しいんだろうけど」

「真治は、何でも出来るじゃない」

「岡崎と付き合う前は、結構そう思ってた」

弁当箱の隅に、プチトマトがひとつ転がっている。生温くなっておいしいとも思えないけど、必ず入れてしまう不思議な野菜。そしてパセリなんかと違って、残されることもない幸運な野菜。

「ごめんな」

私は、悟った。真治が本当に、私と別れたいんだと。そんなつもりなかったとか、これから気をつけるとか、いくら言っても、もう遅いんだ。私は彼をずっと傷つけていて、その痛みに耐える力を彼はもう、使い果たしてしまっていたのだ。私にそれを回復させることは、出来ないんだ。

真治からゆっくり手を離すと、彼は気の毒そうに私を見た。私は心の底から、いま起こったことが何かの間違いで、いつもみたいに手をつないできてくれないかと願った。そして映画の間どんなにお弁当を食べたかったかなんて力説してくれないかと。

　でも、駄目だった。真治はジャケットのポケットに手を突っこんで、前を向いたまま無言だった。一緒にいる時は必ず私に触れていた彼の手が、目の前から見えなくなった。

岡崎、これ食べな。

こないだのあの俳優、誰だっけ。

おれ毎晩筋トレやってるんだぜ。

お台場《だいば》って、何線で行けばいいんだろ。

真治がいままでに喋った他愛のない台詞が、次々に頭の中で聞こえた。かすかに再生される彼の声が頭蓋骨の内側で共鳴し合って次第にヴォリュームを大きくし、どうかなってしまう、と思った時、不意に頭の中がしん、とした。

岡崎は……強いよな。

全身から血の気が引いた。この言葉を言われたのは、いつだっただろう。曖昧《あいまい》なその記憶が、チェロの音色のようにひと息に、私を切り裂いた。

どこまでも続く空のように、私は自分が無力なことを、そして見放されたことを知った。私の手にはいつの間にか血塗《まみ》れになった重い刀が握られていて、目の前に全身から血を流す真治が、立っていた。彼の足許には大きな血溜まりができていて、もうずっと、出血が続いていることを私に示していた。私は愕然と、立ち尽くしていた。

「弁当、サンキュー」

真治が、残っていたプチトマトを口に放りこんだ。こんなに早く、そして突然、覚悟していたその時が来るなんて。私は、蝶番《ちょうつがい》をはずされたような動作で、うなずいた。

12

お姉ちゃんに、子供が生まれた。女の子だった。

初めて見た私の姪《めい》は、小さくて温かくて柔らかくて、そして三十一歳も違うのになぜこんなに、と驚くくらい小林さんに似ていた。赤ん坊なんてそんなに好きじゃなかったのに、こわごわ抱き上げると、身体の隅々《すみずみ》から愛おしさが滲み出てきた。話も通じない相手なのに、敬愛の気持ちが湧き上がった。

「赤ちゃんって、すごい」

感動している私に、お姉ちゃんが冷静に言った。

「そう思って大事にしてもらわないと、すぐ死んじゃうからね」

「もう。何てこと言うの」

「だって事実なのよ」

でも、お姉ちゃんは幸せそうだった。そうでなかったら、こんなシビアなことは口に出せない。もちろんとても疲れていたけれど、磐石《ばんじゃく》の自信に満ち溢《あふ》れて見えた。小林さんと知り合ってどんどん綺麗になる、と私は感心した。よくできたドラマみたいだった。

出産してからお姉ちゃんはしばらくうちに帰って来ていて、小林さんはもちろん、二人の両親も赤ちゃんを見に時々訪ねてきた。三人とも私にも必ずお土産を持って来てくれて、それは話題のスイーツだったり外国製のバスバブルだったり、決して高価なものじゃないんだけど、気が利いていた。小林さんも、お父さんもお母さんも、相変わらず粋《いき》だった。

蓮さんは、来ないんだ。

それはまあ当然のことなんだろうけど、私はやっぱり彼のことが気がかりだった。あれから何となく連絡をしそびれて、写真も見せてないし、ケンタッキーにもモスバーガーにも行ってない。悩んでないで気軽に誘えばいいんだろうけど、出来なかった。

このまま、終わってしまうのかな。私は自分の中にある海の、波が引いていくのを感じていた。気持ちの強さに変わりはないけれど、私の中に静かに留まって、何か行動を起こすきっかけになったりはしないんだ、っていうことがぼんやりと自覚された。

蓮さんが、何もしない限り。

逃げてるみたいだけど、それとは違う。私はやっぱり、蓮さんが困るのが怖いのだ。彼が高校生か、でなければせめて私と同じ未成年で、親戚じゃなければ、困るのが怖いなんて考えもしないいんだろうけど。自分が嫌われるのを憂《うれ》えるよりも、彼が私のことで悩んでしまうのが、心配なのかも知れない。

それは、彼と知り合ってから生まれた感情だ。

いままで私は、歳がどうだとか、立場が違うとか、そんなの気にしたことがなかった。好きになるっていうのは、どんなこともはね飛ばして潰してしまう強い気持ちで、それくらいじゃないと本当に好きじゃないいんだって決めてた。

誰かを好きになるって、自分の感情に身を委《ゆだ》ねてしまうことじゃないのかも知れない。私は最近、そんなふうに考える。

子供だったのかなあ、とほんの半年くらい前の自分を振り返って思う。そんなこと、ない。あの頃だって子供じゃなかったし、いまでも大人なんかじゃない。何もかもが変わり、そして何もかもが同じだった。まるでパリで見た、あの女神やアモルやプシュケのように。

私は時々、写真を取り出して眺めた。小さな蓮さんを見ていると、彼がずっと遠くに行ってしまったように感じられた。こんなに好きなのに。私は自分の気持ちを持て余す、放浪者みたいだった。

お姉ちゃんが自分のマンションに帰って少しして、お宮参《みやまい》りがあった。そしてその後に久し振りにみんなでごはんでもという話になったらしく、お母さんからお店のカードを渡された。

＊

「私も行くの？」

「真菜は蘂香《れいか》ちゃんの叔母《おば》さんなんだから、当たり前でしょ」

「娘は呼び捨てなわけね」

部屋に戻ろうとすると、お母さんに呼び止められた。

「それからね、帰りにコレドで何か買ってあげるから」

「どうしたの？　へそくりがついに大台？」

お母さんはうなずいて、微笑んだ。

「嫌なことは、買物で解消よ。全部は無理でも、気休めにはなるでしょ」

真治の、ことだ。別れてしばらくして、お母さんには話した。その時は特に何も言われなかったけど、気にかけてくれてたんだ。胸がじんとしたけど、ここでしおらしくしたら余計心配かけると思って、私は一所懸命笑顔をつくった。

「うんと高い物にするよ」

「オーケー。任せなさい」

お母さんはアメリカ人みたいに答えた。お礼を言うのが恥ずかしくて、私も「サンキュー」と言った。

指定されたフレンチのお店は、真黒な扉で中がまったく見えなかった。私はまだ小さい小林さんの甥《おい》たちも来るだろうに大丈夫なのかな、と余計な心配をして、それより自分が断られるかも知れないんだ、と恐る恐る中に入った。蝶ネクタイをした支配人らしき人に、予約の小林ですと告げようとすると、彼の前に立っていた男の人が目に留まり、それが誰かわかった途端、身体の動きが止まった。

蓮さんだ。

何か、言わなくちゃ。

「あの……」

「どうしました?」

「お母さんに、あんたも来なさいって」

どうしてこんなことしか言えないんだろう。私は自分の中の無能な小人たちを、片っ端から殴りつけたかった。蓮さんは、不思議そうに私を見た。

「一時とお伝えしたと思ったんですが」

私は慌ててお店のカードを出した。お母さんの字で「十三時」って書いてある。いま、十二時五分前だ。力が抜けた。

「間違えました……」

取り繕うことも出来ないくらい恥ずかしかったけど、蓮さんは笑った。

「いま終わります。ちょっと待ってて」

彼は支配人らしき人と短い会話を交わし、私を促して外に出た。富豪の執事みたいな口調で「お待ちしております」と言う声が背中で聞こえた。

「下にお茶飲める場所がありますから」

「蓮さんは、どうしてこんなに早くに？」

「義兄が来られなくなってしまって。ついでにメニューも確認しておきたかったんで。本当は諒がやるべきなんですが、奴も忙しいらしくてね」

エスカレーターの横に、オープンスペースになったセルフサービスのカフェがあった。私はふと思いついて、お財布を出そうとした彼を制した。

「私、御馳走します」

「いいんですよ。ケンタッキーとモスの約束がありますから、その時にはお願いしますが」

憶えてるんだ。意外だった。「楽しみにしてます」なんてただの社交辞令で、行く気なんかまったくないと思っていたのに。

だけど、そのメールを出してからもう二か月以上経っている。その間に彼から返事は来なかったし、やっぱり本気にはしてないんだって、私は少し強く言った。

「だって、いつになるかわからないから」

蓮さんはカウンターの前で私を振り返り、何か言おうとしたけど、すぐに小さくうなずいた。

「じゃあ、タンドリーチキンのパニーニとカフェラテを」

「これから、ごはんなのに？」

「ジムに寄って来たんで、腹が減ってしまって。食事はメインを最初に出して欲しいですよね。オードブルなんて、厨房の時間稼ぎじゃないかと思いますよ」

冗談とも本気ともつかないことを言い、彼はトレーを持って中央の大きなテーブルに座った。壁際の席に何組かの人がいるだけで、広いテーブルには私と、彼だけだった。私は、彼と並んで座った。パリの最後の夜、ベッドで一緒にワインを飲んだことが希薄に思い出された。遠いけれども、水彩画のように繊細な記憶だった。

私はあんまり露骨にならないように気をつけて、彼を確認した。相変わらず、とても三十四歳には見えない。いまにもあー単位取れねえよー進級出来るかなあやばいよなあなんて言い出しそうだった。初めて気がついたけれども、あまり肌理の細かくない皮膚の、左の頬骨の下に古い傷があって、それは彼の心についたものがつい現れてしまったように見えた。本当にいい男だな、と思った。どこがどうだからとは、説明出来ないけれど。

「すみません。御無沙汰《ごぶさた》してしまって」

蓮さんはいただきます、と軽く頭を下げた。

「伽歩子のお袋さんがよくなくてね、彼女が病院に行くことが多いんで、ここのところ店は僕一人なんですよ。それはいいんですが、配達とネット関係が夜にくいこんで、何だかバタバタしてしまって」

蓮さんの言い廻しは聞いたことのない類のものだったけど、理解出来た。伽歩子さんのお母さんは多分、もう駄目ってことなんだ。

私はお父さんとお母さんを思い、全身が絞られるような心細さに囚われた。親は、子供より先に死ぬものなんだ。あの二人のことを、いつか私も「よくなくて」と表現する日が必ずくるのだとわからされた。私は、怒ったり悩んだりしていたいままでの気持ちを、一瞬だったけど忘れた。

「何か手伝えることがあったら。あの、出来ることあんまりないと思いますけど」

蓮さんは、ぼんやりと水草をついばんでいるうちに群れからはぐれてしまった鳥みたいに見えた。横顔が、疲れている。

「ありがとう。心配かけてしまって、すみません」

やっぱり、この人が好きだ。私の中に、ゆっくりと流れる川のような欲望が、静かに湧き上がってきた。穏やかだけれども幅の広い川の流れに身を委ねていると、勇気と快楽が静かに登場した。

私は、彼に身体を寄せた。記憶より涼しげな香りが、顔の前を横切った。蓮さんの髪にそっと触れ、頭蓋骨の形を確かめるように後頭部を掌でなぞった。見た目より、小さく感じられた。呼吸を整えて彼の首の後ろを摑もうとすると、待っていたみたいなタイミングで手首を捉えられて、離された。私は彼と目を合わせた。怖い顔だったらごめんなさいちょっとふざけただけ、と笑って見せようと思った。

蓮さんは、雨に打たれ続けた小さな紫陽花《あじさい》みたいだった。こんな中年の男が紫陽花みたいだなんておかしいけど、いい意味じゃなくて、そう見えた。あともう少し雨が続いたら、堪え切れずに散ってしまうんだろうなっていうような危うい感じだった。やっぱり、謝った方がいいんだ。私はごめんなさいと言おうとして、気がついた。彼が私の手首を摑んだままでいることに。

これは、どういう意味なんだろう。彼は私の手首を、握っているんだろうか。それとも、押さえているんだろうか。そして私は、どうすればいいんだろう。

頭の中が真っ白で、いくら考えようとしてもちっとも働かなかった。蓮さんの手は大きくて、筋張っていて、皮膚に浮いた青味がかった藤色の血管が何だか淫靡《いんび》だった。

さっき身体の内側に起こった欲望が、封じられたようにも、いっそうかき立てられたようにも感じられた。私は全部諦めて、でもそれは引き下がるっていうんじゃない、と思って、彼の拳の骨を包んだ。硬い手触りに、ルーブルで観た小花模様のティーカップをふと思い出した。

ずいぶんそうしていたみたいだった。蓮さんが天井を仰いで、放心したように目を閉じた。そして、私から手を離した。頬の筋肉が、強張っていた。

私が、何か言わなくちゃ。でも何を？　私の脳裏に、初めて蓮さんと会った時のことが浮かんだ。あの時も、同じことを思った。初対面の、でもこれから親戚になる歳の離れた男の人に、どんなことを話しかけたらいいんだろうって。

あの時は、全然想像もしなかった。蓮さんを好きになるなんて。伽歩子さんと知り合うことも、一緒にパリに行くことも、真治と駄目になることも、これっぽっちも考えなかった。

いま何か言わなくちゃ、と迷っているのは、あの時の思いとは確かに違う。

蓮さんと知り合ってまだ半年くらいだけど、ずいぶんいろんなことがあった。去年の半年より、一昨年の半年より。頭の片隅を風が吹き抜けていき、ちょっと正気を取り戻した。

きっとこれから先も、予想もしないようなことが待ってるんだろうな。私は、神様に背中を手荒にどやされたような気がした。

行きなさい。自信を持って。どんなことにも、立ち向かいなさい。

神様は、意外と高くて細い声だった。乱暴なわりには、威厳ってないんですね。そんな考えが頭をよぎり、すみません真面目にやりますから、力を貸して下さい、と祈った。

そして、蓮さんの頬に、キスした。蓮さんは、おかしいくらい身体を硬直させた。もう一度顔を寄せると、やんわりと押しとどめられた。私は、彼を見た。茫然と前を向いていた彼は、指で頬を確かめると、身体中の空気を全部出してしまうような長い息を吐いて、ようやく微笑んだ。初めて憧れのピアノを弾いた、小さな女の子みたいな笑顔だった。私はいつの間にかいなくなった神様に、もう一度心の中でお礼を言った。

「行きましょうか」

蓮さんと私は、席を立った。窓の向こうで、街路樹が風に揺れている。次の季節が、待っている。

あとがき

こんにちは。

この作品がまた皆さんの目に留まるようになって、本当に嬉しいです。

「はじまりの空」は十五年くらい前に書いたものなので、いま読み返すと、

「そう！　こんなだったんだよ！」

というようなことがたくさんあります。

私が一番「そうだったなあ」と思ったのは、真菜のお姉ちゃんが妊娠して会社を退職するところです。

昔は、結婚イコール専業主婦、だったりしたものでした。仕事を続けても、妊娠すればほぼ退職、という風潮でした。

だからね、いまの若い人は本当に偉いと思うよ。

ということで、話はそれるけど何もかも完璧にやる必要なんかないんだぞ。

もうすっかりスマートフォンですが、この作品はまだガラケーの世界です。当時は電波が届かない場所が結構ありました。地下とかトンネルとか。そういうところにいる時にメールが来たりすると受け取れなくて、センターに留め置かれてしまうのです。で、電波が届いた時に「センター問い合わせ」をしないと、そのまた次のメールが来るタイミングまで手許には来ないの。

うーん、こんな説明で正しいのか不安だが。だからメールを出しても必ずしも無事に届くわけではなくて、センターに放置されたりもした。しかも「既読」とかの機能もなかったので、届いているのか確かめようがなかったんだよ。

いま振り返ると、なかなかこう、進化の途中だよね。

あとね、連絡先は本人に教えてもらうしかなかったの。こっそり友だちに訊こうにも、ちゃんとした人なら、

「本人の許可もないのに教えられないよ」

と断ったんだよ。だからたいした用事もないのに、

「アドレスを教えてくださいな」

なんて言うのは、特に気になっている歳上の相手だったりすると、すごくハードルの高い行為であったわけです。そうだったねえ。しみじみするねえ。

ＭＤのことも書くね。

　これはMDレコーダーまたはプレーヤーというものでして、専用のミニディスクに入れた音楽などが聴ける機械です。小さくて、持ち歩きに便利でした。
　知らない場所に行く時は前もって地図を準備するし、旅行ならカメラが必要だし、出先で音楽を聴きたければプレイヤーも用意しないと、という時代でした。それでも、不便だとかは思わなかったよ。そんなものだよね。

　そして時は流れましたが。
　やっぱり、人は恋をするものだ。
　いいじゃん。
　それっていいじゃん。
　人生の宝物だよ。
　ちょっと照れるけどな。

二〇二一年　桜の季節に

本書は、２０１０年３月にポプラ社よりポプラ文庫ピュアフルとして刊行された作品の新装版です。

日本音楽著作権協会（出）許諾第２１０２３５２－１０１号

はじまりの空《そら》　新装版《しんそうばん》

楡井亜木子《にれいあきこ》

2021年5月5日初版発行

発行者……………千葉 均

発行所……………株式会社ポプラ社

〒102-8519　東京都千代田区麹町4-2-6

フォーマットデザイン　荻窪裕司(design clopper)

組版・校閲　株式会社鷗来堂

印刷・製本　中央精版印刷株式会社

落丁・乱丁本はお取り替えいたします。

電話（0120-666-553）または、ホームページ（www.poplar.co.jp）のお問い合わせ一覧よりご連絡ください。
※電話の受付時間は、月～金曜日、10時～17時です（祝日・休日は除く）。

ポプラ文庫ピュアフル

ホームページ　www.poplar.co.jp

N.D.C.913/255p/15cm
ISBN978-4-591-17044-1
P8111313